VISIONI E PROFEZIE

DAVID LAZZARETTI

ENIMMA DI DAVID

Io sono, e chi egli sia nol so, ma sono

Colui che essere dovrò chi ero in prima.

Ma prima me non conoscevo me stesso,

Ma or che conosco me, non so chi egli ero,

E colui ch'era in me, non è più meco.

Perchè or son Seco a chi con me prim'era,

Ed essendo Seco, opro con Seco,

Ed egli opra con me, come opro in lui,

E lui opra con me come in sè stesso,

Per cui me stesso opro in voler di lui.

Arrivato in maremma mio padre mi confidò due giumenti da soma e m'incaricò di trasportare il legname in un dato sito, detto Macchia Peschi. Io allora appena sapevo leggere. La sera andavo ad alloggiare in una capanna di mandriani. Mio padre e mio fratello maggiore erano in altro luogo, distante circa nove miglia da me, occupati al medesimo lavoro.

Un giorno, era la mattina del 25 aprile 1848, cadeva una leggera pioggia e vi era una nebbia così fitta che non si vedeva un uomo a dieci passi di distanza. Me ne stavo assiso sotto un'elce aspettando che la nebbia si dissipasse per caricare i miei giumenti e potermi dirigere sicuramente attraverso la macchia. In questo stato mi misi a considerare le mie deluse speranze. Subito il mio cuore provò sì gran dolore che cominciai a singhiozzare e un diluvio di lagrime inondò il mio viso e amaramente compiangevo il mio infelice stato. Mentre mi ero abbandonato al mio dolore, intesi uno strepito poco lontano venendo dalla parte della macchia. Colpito dallo strepito, subito mi alzai: io temevo qualche lupo, poichè mi avevano detto che in quel luogo vi erano. A traverso la nebbia mi misi ad esaminare da qual parte della macchia venisse il rumore, e vidi avanzarsi verso di me un religioso che conduceva a mano un muletto bianco. Lo salutai ed egli gentilmente corrispose al saluto e cominciò a parlare in tal guisa: «Il vostro incontro, o giovinetto, mi è piacevolissimo; oggi siamo fra le tenebre». Poi mi domandò, se lì vicino eravi una strada che conduceva a Montepò, dominio dei signori Saccardi di Siena. Io gli indicai un piccolo sentiero, dicendogli che poteva sicuramente seguirlo senza pericoli di perdersi. Questo religioso aveva una statura media: portava una tonaca grigia e un cappuccio gli copriva la testa: la sua barba era nera e riccia come i capelli.

Era di color bruno e gli occhi erano sì vivi che gli davano l'aria di un gran personaggio. Egli si mise a considerarmi dalla testa fino ai piedi, e vedendo che mi riguardava in tal modo, rimasi immobile di stupore senza proferir parola; io pensai che si era accorto delle lagrime da me versate, ed infatti non si era ingannato. Dopo avermi bene osservato in silenzio, mi domandò che cosa facevo da solo in quel deserto. Gli mostrai i miei giumenti da soma e gli raccontai tutte le mie occupazioni giornaliere.

Egli ascoltò con benevolenza la storta dei miei guai e mi disse: «Povero fanciullo, sì giovane ancora e già sottoposto a lavori sì gravi! Voi mi fate pietà, ma ditemi, avete voi pianto?» A queste parole il mio cuore si sentì commosso; non potei rispondergli, mentre le lagrime cadevano dai miei occhi. Il frate vedendo che non gli rispondevo, soggiunse: «Coraggio, mio figlio, non vi date in preda a coteste afflizioni, vi compatisco. Dovete sapere che questo mondo è pieno di dolori e di lagrime. Felici coloro che si rassegnano alla volontà di Dio». O buon religioso, così mi diceva una volta un eccellente maestro che ho avuto la disgrazia di lasciare. Egli allora mi pregò di raccontargli minutamente tutta la mia vita: Egli mi ascoltò con molta attenzione dimostrandomi tenera compassione. Egli rimase qualche tempo pensoso e muto: poi cavando da una tasca del suo abito una medaglia usata di ottone con un nastro verde a tre cordoni, me la fece baciare e me la mise al collo. Poi cominciò a raccontarmi quanto è potente la devozione alla SS.ma Vergine Maria, dicendomi in fine: «Pregate sempre con grande confidenza la madre di Dio e sappiatevi rassegnare alle pene della vita. La santa Vergine vi aiuterà nel corso della vita e nell'ora della morte. Siate fedele a santificare il sabato, giorno dedicato a Lei e più tardi vedrete i felici effetti». Allora prendendo la mia destra mano, mi disse ancora: «O giovane, mettete in pratica tutto ciò che vi ho detto. Se noi non c'incontreremo più in questo deserto, ci ritroveremo altrove; addio. La vostra vita è un mistero; un giorno lo saprete. Verrà un tempo che voi sarete l'ammirazione dei grandi della terra. Non racconterete ad alcuna persona vivente il nostro incontro, altrimenti non potreste vedere gli ammirabili risultati. Di nuovo, addio». Sì dicendo mi strinse sì fortemente la mano, che mi costrinse a mandare un grido. All'istesso istante mi lasciò, conducendo a mano il suo muletto, prendendo la strada indicatagli. Mi disparve subito dagli occhi fra la nebbia, e nulla più vidi.

Partito il Frate, sentii i brividi in tutte le parti del corpo. Ciò era, io credo, l'effetto della paura che ebbi, quando esso mi strinse sì fortemente che rimasi tutto sbalordito e pieno di confusione. Dopo un quarto d'ora cessarono i brividi, ma provai dei mali alla testa molto violenti e mi venne una febbre sì forte, che mi fu impossibile di muovermi. Mi coricai al piede dell'albero indicato e mi coprii con una cappotta che avevo. Ma di tempo in tempo fui costretto ad alzarmi per bere dell'acqua onde smorzare la sete che mi dava la febbre, e andavo presso un piccolo ruscello poco distante. Grazie a Dio, la febbre calmò un poco, la nebbia si dissipò, ed io caricai i miei giumenti e andai alla capanna dei mandriani e quì alloggiai.

Appena quì giunto, una buona vecchia che ivi dimorava, vedendomi il viso pallido e abbattuto, mi domandò cosa avevo. Risposi che mi sentivo poco bene, ma non azzardai di dire ciò che mi era accaduto; e mi gettai sul letticciolo estenuato dalla febbre che non era del tutto cessata.

Il giorno appresso un'ora più tardi di sera sentii i medesimi brividi, poi il calore alla testa e quindi una febbre più forte. La vecchia vedendomi in questo stato, a mia insaputa, fece chiamare mio padre, il quale la mattina seguente venne alla capanna. Vedendomi sì contraffatto per le febbri avute, molto si afflisse e mi domandò la causa del male. Gli dissi come mi era ammalato, ma tacqui su ciò che mi era avvenuto col frate.

Appena che la febbre mi lasciò, mio padre mi condusse a Polveraia, un villaggio distante 5 o 6 miglia dalla mia capanna. Là mi riprese per la terza volta la febbre e fu l'ultima. Era il 27 aprile. Dopo avermi raccomandato alla padrona dell'albergo e al medico del Villaggio, mio padre mi lasciò: pochi giorni appresso ripresi il mio lavoro che terminai il 24 giugno.

Ritornai in montagna con mio padre e con mio fratello maggiore, ma mi ero talmente dimagrito che mia madre e il mio buon maestro non mi riconoscevano più. Nell'estate ebbi una lunga e seria malattia della quale non guarii che nella seguente primavera. Appena fui guarito, mio padre mi condusse di nuovo a lavorare in maremma e per più anni dovetti rassegnarmi a menare sì misera vita, cosicchè abbandonai l'idea di farmi religioso.

La mattina del 25 Aprile 1868, ritornato da Siena, dove ero andato pe' miei interessi, fui assalito, appena entrato in casa, da un brivido che poco mi durò, ma mi venne un calore alla testa che si calmò e appresso risentii un violento accesso di febbre che mi durò fino alle sei di sera. Per l'abbattimento patito mi addormentai d'un profondo sonno, nel quale ebbi la seguente visione:

Mi sembrava di essere sulla riva del mare a poca distanza di una folta foresta. Le onde del mare erano sì furenti che sembrava volessero sommergere tutta la terra. Le acque agitate dalla tempesta erano sì torbide come quelle di un fiume dopo una lunga pioggia. Io osservava con spavento questo maestoso spettacolo, allorchè in mezzo delle onde furiose mi accorsi che veniva verso la sponda una piccola barca agitata dai cavalloni che da un momento all'altro pareva che la volessero inghiottire. Io pregavo il cielo per questa povera barca, poichè temevo che qualche passeggero si trovasse dentro. Io non m'ingannavo.

Allorchè la barca fu giunta alla sponda, mi accorsi che in essa stava a sedere un vecchio che teneva tra le mani un solo remo. Pertanto egli era tranquillo e pieno di maestà come se fosse stato seduto sopra ad un trono.

Benchè il vento la respingeva in alto mare, pure la barca giunse alla riva. Mi appressai per vedere chi era quest'uomo e vidi che la barca e il remo erano di bronzo. A questa vista il mio stupore si raddoppiò. Io salutai il vecchio nocchiere che rispose al saluto con profondo inchino, ma senza parlare. Esso era vestito da una lunga tonaca nera con una cintura di cuoio bianco, ed aveva i sandali legati al collo del piede con una striscia di cuoio del medesimo colore. Le gambe erano nere, ed aveva la testa coperta da un berretto di color rossastro, sembrava un turbante. Portava una lunga barba nera e riccia come i suoi capelli. Aveva il colore abbronzato; e i suoi occhi vivi, mi richiamavano a memoria la fisonomia del frate che vent'anni avanti mi aveva parlato nel deserto.

D'un salto si slancia fuori della navicella, e pianta sulla sabbia il suo pesante remo di bronzo che profonda più di mezzo braccio. Poi prende una corda di color celeste fissata alla parte di prua, e l'attacca al remo. Cosa sorprendente, per me! ogni volta che la barca si moveva galleggiando per le onde agitate, questa corda produceva un suono simile a quello di un'arpa. Allorchè il vecchio ebbe legata la corda al remo mi parlò in questi termini essendo stati ambedue in silenzio – Oggi l'Inferno è tutto in commozione, ma la sua collera si frangerà contro la forza di colui che regna. – Sì, sì, mio buon vecchio gli dissi, Dio solo ha potuto salvarvi da questa spaventosa tempesta. Si direbbe che realmente l'inferno si è scatenato.– L'inferno sarà scatenato, mio buon giovane, mi rispose, ma invano ruggisce contro la potenza di Colui che regna.

L'uomo che confida in Lui, non perisce giammai. –

Egli pronunziò queste parole con tanta forza e maestà che la sua voce rimbombò per tutta la spiaggia del mare, e fece l'eco del deserto. Io rimasi sì sorpreso, e stupefatto, che non seppi dire più nulla. Egli pronunciò ancora qualche parola a voce bassa di cui non potei comprendere il senso.

Intanto riprendendo un po' di coraggio, gli domandai da dove veniva. Egli rispose: Io vengo dalla terra dei grandi; io quì son venuto per illuminare coloro che sono caduti nelle tenebre, e sono mandato da Colui che presiede alla forza di tutto il mondo. Rammentati che io un giorno ti trovai tra le tenebre del deserto, e ti dissi che la tua vita era un mistero. Tu mi potrai riconoscere, come io stesso conobbi te. –

– Ah sì, mio buon vecchio, dissi, appena vi ho scorto nella navicella, ho riconosciuto la vostra fisonomia; io solamente sono rimasto dubbioso pel cangiamento della vostra veste. – Sappi, riprese, che l'abito non cangia persona. Ora come ti promisi, ci siamo ritrovati; tu mi hai creduto; la tua fede merita la mia amicizia. – E per darmi una testimonianza mi prese la mano destra dicendomi: – Osserva tutto e non temer di nulla. – Appena egli ebbe pronuziato queste parole, si fece sentire un grido terribile.

Preso da spavento, strinsi tra le braccia il buon vecchio, che mi esortò ad aver coraggio e a nulla temere: ma egli ciò fece in tal modo, che le sue parole sembravano piuttosto un ordine che preghiera.

Alzai gli occhi e vidi venire verso di noi, sulle onde del mare un mostro marino a tre teste. Quella di mezzo aveva tre corna, le altre ne avevano due, e queste corna erano sì brillanti che abbagliavano gli occhi. Il mostro si avanza presso la barca, e il timore maggiormente m'invade. Il vecchio che se ne accorge, m' incoraggia dicendomi che il di lui furore sarebbe tosto abbattuto.

Questo mostro era di una grandezza enorme; aveva quattro piedi come quelli di un elefante, e il corpo come quello del porco. Dalla schiena in giù prendeva la forma di un serpente di smisurata grandezza colla coda piegata sul dorso.

Mentre il mostro si avvicinava alla spiaggia, si ode un ruggito dalla parte della foresta. Volgo i miei sguardi verso questa parte, e vedo un leone che si avanza a passi lenti andando incontro al mostro marino. Questo, scorto il leone, si slancia dal mezzo delle acque spumanti, e si trova in faccia al formidabile avversario. Allora comincia una lotta terribile: il mostro manda fuori latrati assordanti, ma il leone resta calmo, lo combatte con valore, fino che l'orribile mostro cade atterrato sulla spiaggia del mare. Era appena abbattuto l'orrido mostro che si vede uscire dalla foresta una tigre che viene ruggendo per gettarsi sopra il leone. Il Re dei deserti senza timore e senza collera attacca la tigre che combatte lungamente ma infine cade morta, vicino al mostro marino.

Nell'istesso istante si vede uscire nuovamente dalle onde furiose del mare un orso marino i di cui muggiti acuti rassomigliano al rumore del tuono quando ripercuote il suono delle foreste e sulle spiagge dell'oceano. Si scaglia sul leone e combatte con furore, ma ben tosto esso ancora cade vittima del suo pacifico nemico. Mentre l'orso marino spirava sulla sabbia, una pantera piena di rabbia e di furore esce dalla foresta e si scaglia egualmente sull'invincibile leone. Questo si mette in guardia, e attacca questo nuovo nemico e dopo un combattimento lungo ed accanito, la feroce pantera cade parimente stramazzata al suolo.

Allora si vede nuovamente uscire dai flutti del mare un orribile lupo marino la cui enorme bocca lasciava vedere due file di lunghi denti, i di cui muggiti facevano fremere fino alle ossa. Esso pure osa misurarsi col leone, ma esso prova la stessa sorte che le altre.

Quando il lupo marino cadeva in questa lotta gigantesca, si vide uscire dalla foresta una iena terribile. Essa comincia a mandar fuori urli acuti e a girare intorno al leone, che si guarda da ogni parte per non farsi sorprendere. Improvvisamente balza sopra il leonee lo prende pel collo.

L'invincibile animale scuotendosi con forza, si svelle dalla sua stretta e la getta a rovescio sulla sabbia distante da lui sei o sette piedi. La iena si rialza, e resa più feroce per questa disfatta, si slancia alla faccia del leone, ma questi le dà una zampata sulla testa e la stende cadavere accanto delle altre bestie feroci. La lunga durata del combattimento mi aveva fatto dubitare dell'esito finale dell'invincibile leone il quale in fine rimase vittorioso di questi sei suoi terribili nemici.

Stanco per questa lunga lotta il leone, si sdraia sulla sabbia accanto alle sei vittime e si addormenta. Allora vidi distaccarsi dalla volta del cielo un raggio di luce simile all'arcobaleno: io la vidi risplendere sulla testa del Leone addormentato, e formarvi un'abbagliante nuvola della sua chiarezza divina. Nello stesso momento dalle quattro parti principali del mondo si alza un vento così impetuoso che sembra voglia schiantare tutta la vicina foresta: alla fine questo vento si cangia in un uragano devastatore: esso comincia a sollevare la sabbia e si precipita là dove sono i sei cadaveri delle bestie feroci: in un colpo d'occhio li disperde traverso le acque e la sabbia. Cessa l'uragano, il leone si sveglia si alza sopra la sabbia, e manda quattro ruggiti volgendosi verso i quattro punti cardinali, e manda l'ultimo verso la parte d'Oriente. Una folta nuvola si alza dal mare e cadendo sopra il leone lo ricopre e lo fa sparire ai nostri occhi. Poi spira da Ponente un venticello che dissipa la nuvola e il leone non si vede più.

Cessa ancora la tempesta del mare e in un momento le acque ritornano pure e limpide, e il cielo si mostra azzurro e calmo come un bel giorno di primavera.

Il vegliardo ed io che avevamo ammirato in silenzio questa terribile scena, ci guardammo ambedue, come se fossimo due statue immobili. Il vegliardo per primo ruppe il silenzio e mi disse queste parole: «Hai tu osservato le diverse fasi di questa scena, e come il pacifico leone sia invincibile? Le sei bestie feroci piene di rabbia e di furore sono state vinte in una sola volta, e la luce divina ha voluto coronare la sua vittoria. Questo pure è un mistero, di cui più tardi avrai la rivelazione. Intanto seguimi nella mia navicella: ora il mare è tranquillo; quindi nulla evvi da temere». E prendendomi per mano mi aiuta a salire. Poi ritira il remo dalla sabbia, e sale anche lui nella barca. Si pose a sedere in mezzo, come per lo innanzi tenendo nella destra il pesante remo col quale di tempo in tempo faceva camminare la fragile imbarcazione.

Noi rimanemmo l'uno e l'altro qualche istante senza parlare ma mi feci coraggio e gli dissi «Ascoltatemi, mio buon vecchio, se la mia vita è un mistero, io non voglio domandarmi la rivelazione di cose sì grandi, ma desidererei sapere dove mi conducete, chi siete, e come è che questa barca e questo remo sono di bronzo, mentre tutte le altre sono di legno».

«Tu saprai ch'io sono, mi rispose, quando avrai eseguito una missione. Seguimi nella mia navicella e non temere. È vero che questa è di bronzo, e tutte le altre sono di fragile legno. Sappi che invano il mare rugge contro di essa, mentre il suo urto contro tutte le altre barche più piccole o grandi è irresistibile. Colui che l'ha fabbricata, è il più abile architetto dell'universo e sappi che mai è stata fatta una simile a questa. Innumerevoli sono coloro che hanno tentato di farle uguali, ma sempre invano. Si sono fatte e si fanno ancora ma appena gettate sulla superficie delle acque, o sono state sommerse alla prima tempesta, o sono state distrutte al primo urto della mia».

Durante questo discorso del vecchio, noi avevamo percorso una grande estensione di mare e da ogni parte che volgevo gli sguardi, non vedevo che cielo e acqua.

«Quì, disse il buon vecchio, bisogna esaminare da qual parte dobbiamo andare. Noi siamo venuti dalla parte di ponente, dunque bisogna dirigersi dalla parte di levante». E la barca che era volta verso mezzogiorno, fu diretta verso levante. Dopo aver navigato lungamente, scorgemmo vicino a noi una penisola.

Il vecchio indicandomela col dito, mi disse: «Là dobbiamo sbarcare». Io gli domandai come si chiamava questa terra ed egli rispose: «Questa è la terra dei grandi».

«Il suo nome?»soggiunsi io. «Il suo nome era quello del Lazio, io non saprei dirti come si chiama ora, perchè le false dottrine che la infestano sono innumerevoli». Non volli più forzarlo a rispondere, perchè vidi che appena rispondeva.

Poco tempo dopo approdammo nella penisola all'imboccatura di un fiume che discendeva dalla parte di levante. Sopra a ciascuna riva del fiume si alzavano ridenti colline coperte dai più belli frutti della terra e da fiori di ogni specie. Il vecchio rivolgendosi verso di me disse: «Noi siamo giunti», e prendendo la corda di color celeste esce dalla barca e l'attacca al tronco diuno dei cedri che bagnavano le acque del fiume. Quest'albero era di una sì smisurata grandezza che, secondo me, non esiste uno simile in tutto l'universo. Esso era talmente carico di frutti, che era una meraviglia a vederlo.

Discesi ambedue dalla navicella, prendemmo un viale dalla parte di Nord. Là vi era un giardino, che nulla aveva di terrestre. Infatti rimasi incantato nel vedere un luogo sì bello, sì pieno di frutti e di fiori, che esalavano un odore così soave da non paragonarsi a tutti i profumi della terra. Giunto in fondo di questo viale, vidi un bellissimo prato in mezzo al quale zampillavano tre fontane, formando un triangolo, e lontane l'una dall'altra da dodici a quindici metri. In mezzo al triangolo era un gran masso di pietra, simile a un deposito formato dalle acque. Mi ci misi a sedere, e vidi che le tre fontane facevano tre limpidi ruscelli che si riunivano e formavano una sola corrente. Il vecchio rimase ritto avanti a me. Allora mi misi a considerare lo scoglio e vidi che erano scritte queste parole – Iudicium Dei. Hic vir pulvis est. – Mentre leggevo questa iscrizione, il vecchio poco a poco si era allontanato da me. Ritornò al posto dopo un momento, portando nelle sue mani due pomi grossissimi. Sedette vicino a me alla destra, e mi diede uno di quei pomi, dicendomi di mangiarlo, come lui pure lo mangiò. Il sapore di questo pomo era tutto differente da quello dei pomi della terra. Era veramente squisito. Questo pomo aveva la forma di un granato, e i grani che conteneva erano come piccoli confetti di varii colori. Allorchè ne ebbi mangiato, provai una sete incredibile. Mi alzai e andai a bere alla fontana che era alla mia destra, la di cui acqua aveva un sapore squisitissimo. Questo pomo e quest'acqua mi avevano, per così dire, fatto rinascere a novella vita. Il vecchio aveva fatto come me. Ritornai a sedere sullo scoglio, e il vecchio si mise di nuovo avanti a me, e così mi parlò. – Ti ripeto ancora, la tua vita è un mistero, un dì ti sarà rivelato. Ora conviene che tu compia la tua missione. – Io sono pronto a far tutto ciò che vorrete, gli risposi. All'opra dunque, – aggiunse. Mi fece alzare e pronunciò una parola che non potei comprendere. Nello stesso tempo una specie di coperchio si alza sopra lo scoglio, e il vecchio mettendo la mano destra, tira fuori un grosso volume. Egli pronuncia un'altra parola, lo scoglio si richiude, e riprende la stessa posizione di prima.

A questo spettacolo, rimango stupefatto, credendo di essere in qualche luogo d'incanto. Preso da timore, seggo una terza volta sullo scoglio, e il vecchio si mette ritto davanti a me, ma in un'attitudine e maestà, che io non potei riguardarlo senza tremare. Egli aprì il libro, il di cui colore era turchino, e nel dorso erano scritte in lettere di fuoco le due prime parole incise sullo scoglio e cominciò a parlare in questi termini.

– Da venti anni io veglio sopra di te, ed ho appreso da questo volume che ti sei reso degno di una sì grande Missione. Ciò che ti ha fatto grande avanti agli occhi della Giustizia, è la devozione verso

Maria Vergine, prima guida di sapienza al cielo e sulla terra. Rammentati di ciò che ti dissi nel deserto, e ascolta ciò che ora ti dico.

– Vedi tu queste tre sorgenti? Qui è racchiusa la giustizia del cielo e della terra. Qui sono stati fabbricati la barca, il remo e la corda che li sostiene. Qui abita il pacifico e l'invincibile leone. Qui in fine è racchiusa la bellezza del mondo. Sappi che tutta la razza dei mostri del mare, e tutta la ferocia delle bestie crudeli della terra soccomberanno sotto la forza dell'invincibile leone. L'inferno unito con essi non potrà prevalere contro la potenza di Colui che regna. – Egli stette qualche momento pensoso, poi fissando gli occhi sul libro continuò così.

– Per seguire la volontà di Colui che regna, e di me che ti parlo, tu andrai a Roma e rivelerai tutte queste cose a Colui che presiede sulla terra alla giustizia del cielo e della terra. Non ti arrestare per timore, nè per rifiuto degli uomini, nè della sua Corte, perchè essi dipendono da me. Non temere alla loro voce perchè tu comprenderai risuonare in essa l'eco della mia: parla francamente, e in atto naturale. Io sarò con te. In mezzo alla Corte cerca Colui che presiede al mio posto, tu lo saluterai col nome di Grande. Parlandogli, guarda che nessuno ti ascolti. Gettati ai suoi piedi, e domandagli di esporre la tua missione. Se tu non sei ascoltato, ritirati in un Convento della provincia di Roma, presso Montorio Romano, e ricorri alla preghiera e all'astinenza. Fuggi tutte le società degli uomini, eccetto il religioso che dimora presso questo convento, e che ti farò conoscere per differenti segni. In questo convento tu attenderai al compimento della tua missione. Allorchè tu sarai ascoltato, ecco ciò che tu dirai al religioso. Io sono il mandato di Colui che regna in tutti i luoghi, e vengo per ordine di Colui, di cui tenete il posto.

Raccontagli le nostre conferenze. Se t'interroga, rispondi alle sue domande, ma non dare alle tue parole l'aria di mistero. Taci se egli vuole. Sii dolce e obbediente... Non pensare ad altra cosa; ti dico – la tua vita è un mistero, che un giorno ti sarà rivelato. –

Dicendo queste parole egli contemplava il cielo, dove non si vedeva alcuna nube. In questo momento intesi il rumore di un tuono sì forte che io mandai un grido di spavento, e subito mi svegliai. Era l'ora dell'Ave Maria del mattino che intesi suonare alla mia parrocchia, mentre il rumore del tuono sembrava risuonarmi alle orecchie. Rivolsi nella mente le diverse circostanze del sogno fatto, e pensando al frate che mi aveva trovato venti anni avanti nel deserto, credetti tanto più volentieri alle di lui parole, poichè tutto ciò che avevo veduto ed inteso, mi sembrava di averlo veduto ed inteso, tutto svegliato.

Riconobbi tuttociò un mistero, ma non sapevo a qual partito appigliarmi. Nello stato di commozione non potei riposare nè giorno, nè notte. Infine mi decisi di andare a Roma.

Mi sembrava di essere sul lido di un fiume, sì pieno che traboccava da ogni parte, formando altrettante piccole correnti. Le acque di questo fiume erano chiare e limpide come il cristallo. Siccome mi sembrava di essere costretto a traversarlo, così rimasi tutto meravigliato; quando mi accorsi che dall'altra riva un giovane mi guardava e di tempo in tempo mi faceva segno di passare il fiume senza timore. Gli feci comprendere che io temevo di essere trascinato dalla corrente, benchè le acque erano limpide. Subito il giovane si slanciò sul fiume e sano e salvo arriva all'altra sponda. Lo guardo, ed oh meraviglia ! non era affatto bagnato. Egli portava una veste color di porpora con un cordone bianco alla cintura. Aveva i sandali uniti al collo del piede con un nastro turchino: il resto delle sue gambe erano nude; la sua testa era coperta da un berretto giallo con una penna bianca che gli cadeva sulla spalla destra. Teneva nella mano destra una canna color turchino lunga circa due metri. Aveva la barba bionda, divisa in due parti del mento, i capelli e i baffi lunghi, ma bene accomodati, gli occhi castagni, il colore naturale e di alta statura. La sua fisonomia era sì maestosa che lo credetti il più bello degli uomini. Dopo averlo considerato attentamente gli dissi: – Come avete potuto passare questo fiume ed uscire senza essere bagnato affatto? – Come! mi rispose, tu devi sapere che l'acqua di questo fiume non si attacca che alla carne e alle vesti immonde. Tu temi passarlo, perchè non sei perfettamente puro. – Che cosa volete intendere, replicai io? – Nota bene, mi rispose, tu temi ciò che è limpido e non temi ciò che è torbido. Le acque chiare mai depositano immondezze; le torbide insudiciano tutto ciò che toccano. Tu sei passato tra le acque torbide ed ora temi quelle che sono limpide. Questo fiume è formato solamente dalle acque di sorgenti purissime; mai la pioggia e l'uragano lo intorbidarono.– Io non posso credere ciò che mi dite, gli replicai di nuovo, perchè tutti i fiumi della terra s'intorbidano, e come può essere altrimenti? – Questo succede, mi rispose, perchè le sue acque scaturiscono da sorgenti del cielo e traversano sempre le spiagge risplendenti e pure, ove le tempeste sono impotenti, dove mai le acque putrefatte si mischiano colle acque pure. Questo fiume che mai cangia, è quello che tu avevi promesso di passare senza timore: ora perchè ti lasci dominare da viltà, tutta di questo mondo? Vieni, io te lo farò passare sano e salvo. – Ciò dicendo, prende la mia destra, si precipita nel fiume ed io lo seguo. Però io credetti di morire dalla paura, ma quando mi trovai in mezzo alla corrente, sentii crescere in me il coraggio, talmente che non mi riconoscevo più, e giunto all'altra riva mi sembrava essere agile come il giovane. Lasciandomi la mano egli pronunciò queste parole: «L'ostacolo è vinto: pensa tu ora a compiere la tua missione».

Mentre che egli così parla, vidi davanti a me una colonna di fuoco: sento tremare il suolo sotto i miei piedi, come fosse agitato dal terremoto e mi sveglio. Era circa a tre ore della mattina. Fra le tenebre della notte mi sembrava sempre avere davanti agli occhi questa abbagliante colonna di fuoco. Questa nuova visione m'immerse più che mai nella riflessione. Per più giorni indirizzai preghiere alla Santa Madre di Dio per ottenere la grazia di essere illuminato in qualche modo, ma io sentivo sempre più rattristarsi il mio spirito. In fine mi decisi di tornare in Roma.

LA DIVINA PASTORELLA

Tre giorni dopo del mio ritorno da Roma cominciai a provare qualche malessere. I medici dicevano che avevo una malattia di cuore: essi non erano lontani dalla verità; poichè il mio male era la conseguenza della mia passione. Intanto la mia malattia si aggravava di giorno in giorno, perchè a nessuno potevo comunicare i miei pensieri, e da nessuno prendere consiglio.

In misera condizione di nuovo ricorsi alla Madre di Dio, per ottenere qualche lume, benchè io fossi già persuaso che mi era impossibile di eseguire la mia Missione, poichè, se anche avessi potuto penetrare fino al Papa, egli non avrebbe creduto alle mie parole, come io stesso avevo creduto a ciò che mi aveva detto il vecchio nel deserto e il giovane nel mio sogno. Queste riflessioni mi calmarono un poco. Dopo due mesi e ventun giorno dal mio secondo ritorno da Roma, il giorno 8 settembre alle 8 di sera, sentii i brividi e il calore alla testa provati altre volte, e subito una febbre mi colpì, che mi fece delirare.

A mezza notte mi lasciò la febbre e come le altre volte mi addormentai di un profondo sonno, nel quale ebbi questa terza visione.

Mi sembrava di essere in un vasto prato, e per tutto, dove volgevo gli occhi, non vedevo che verdura e cielo calmo e sereno. Il sole che mi stava sopra alla testa, sembrava essere immobile in mezzo alla volta del cielo. Da parte di levante giungeva una brezza leggiera sì soavemente intiepidita dai raggi temperati del sole, che al mondo non sarebbe cosa più piacevole e inebriante. Ciò che mi fece provare un sommo stupore, era che mi trovavo solo in mezzo a questo incantevole prato. Lo scandagliai da ogni parte cercando scoprire qualche anima vivente in questo ridente soggiorno, allorchè mi accorsi venire verso di me dall'Oriente una giovane Pastorella, accompagnata da un infinito numero di pecore, bianche come la neve.

Tutte queste innocenti bestie avevano coronata la testa di fiori, e due che camminavano accanto all'amabile Pastorella, portavano un giglio sulla fronte. Io la guardai con stupore di un incantesimo. La loro ineffabile bellezza mi rapiva e le contemplavo senza poter saziare la mia curiosità. Queste pecore avevano piuttosto la figura umana che di bestie. Giunte a una trentina di passi vicino a me, si fermarono per guardarmi come io guardavo loro che ero immobile come una roccia. I fiori che adornavano le loro corone, esalavano un profumo simile a quello del giardino delle tre fontane. Una sola veste di più colori copriva la Pastorella la quale al più piccolo movimento che faceva, mostrava le diverse ombreggiature dell'arco baleno. Questa veste era fermata alla vita da un nastro colore azzurro annodato all'anca destra. Ella portava ai suoi piedi, bianchi come la neve, i sandali turchini, fermati al collo dei piedi per mezzo di un piccolo nastro scarlatto. Sopra la sua spalla sinistra aveva un manto di porpora annodato sulla spalla destra, e sulla testa una corona di fiori meravigliosissimi e brillanti come le stelle. Una bionda capellatura lunga e folta, divisa in mezzo alla testa, le cadeva liberamente fin sotto il petto. Nella destra teneva un lungo gambo di giglio, sul quale era posata una piccola colomba del colore della di lei veste. In una parola la di lei bellezza e l'eleganza delle sue vesti erano sovranaturali, ed è per questo che non mi stancavo di contemplarla. La salutai come un essere divino, ed ella mi rese il saluto, abbassando leggermente la testa e mi fece segno di avvicinarmi. Allora come colui che si getta nelle braccia di una persona che ama, mi slanciai verso di essa, ma vano fu il mio sforzo. Mi sentii fermato al mio posto da una forza misteriosa senza poter conoscere la causa.

La nobile Pastorella vedendo che con tutti i miei sforzi non potevo avvicinarmi, mi disse queste parole: – Perchè non ti avvicini, o Giovane, che cosa temi dunque? – Amabile Pastorella, le dissi, io sento una forza che mi trattiene e invano lotto contro di essa. – Sì, buon giovane, mi rispose, voi non v'ingannate, una forza vi trattiene. Voi non scorgete la presenza del vostro nemico, rivolgetevi e vedrete colui che vi tende insidie e vi perseguita impedendovi di fare ciò che vi rende grande davanti a Dio e agli uomini. – A queste parole mi volto e mi vedo in faccia un orribile serpente: – Gesù e Maria, gridai, facendo tre passi indietro. – Non temete, disse la Pastorella. – Ed essa si precipitò come una folgore davanti al rettile. Questo da sua parte si slancia contro la sua nemica mandando fuori un sibilo terribile, simile al rumore di un fulmine. La intrepida Pastorella gli si avvicina e gli conficca nella spalancata bocca il gambo del suo giglio, mentre la piccola colomba se ne vola sulla di lei testa. Io volevo afferrare il serpente e schiacciarlo fra le mie mani, ma essa mi prega di tenermi indietro, dicendomi che da sola può schiacciare l'orribile mostro. Infatti lo attacca vigorosamente, pone il piede destro sul suo collo e il sinistro sul dorso.

La iniqua bestia manda dei gridi spaventevoli, e si dibatte sotto i piedi della Pastorella, ma quasi subito spira tra convulsioni spaventose.

Dopo che il mostro ha reso l'ultimo respiro, la mia liberatrice ritira dalla di lui bocca lo stelo del giglio, e divenne vittoriosa del mio e del suo nemico. Nello stesso tempo la colomba ritorna a posarsi sul giglio, e le bianche pecore, che durante la lotta erano rimaste in distanza tremanti e timorose, accorsero intorno alla Pastorella per dimostrarle la loro gioia per la vittoria sì gloriosa. Dopo un momento di silenzio la Pastorella parlò così: – Mie amabile pecore, allontanatevi un poco, affinchè colui che mi ha cercato là ove io era, possa avvicinarsi a me – A queste parole le pecore si allontanarono subito di trenta passi almeno e formarono un cerchio. – Avvicinatevi o Giovane, riprese l'amabile Pastorella; di nulla temete; il passaggio è libero, colui che vi tendeva insidie e vi impediva di avvicinarsi, è steso al suolo. – Durante la lotta e il discorso della Pastorella io rimasi al mio posto tutto rapito e come incantato. Udendo che io era libero, mi approssimai fermandomi tre passi distante da Lei e le dissi: – O valorosa Pastorella, il vostro coraggio, la vostra bellezza, l'eleganza dell'abbigliamento, come la natura e la bellezza di queste bianche pecore non hanno del terreno. Tutto ciò mi fa credere che voi siete piuttosto un essere divino che mortale. Sarei molto contento di sapere chi voi siete, e qual'è la vostra dimora, poichè qui in questo prato non scorgo che il cielo azzurro e la verdura. – La mia dimora, essa rispose, è là, dove regna il Padre mio.– E vostro padre dove regna – Sopra e sotto questo prato. – Non comprendo questo linguaggio sì misterioso. Ma ditemi di grazia chi vi ha confidato questo meraviglioso gregge? – È il mio stesso Padre. – E come è che queste pecore sono sì bianche che non hanno alcuna macchia nel loro corpo? – Questo è perchè sono state nutrite nei pascoli eccellenti, i quali hanno donato loro queste bellezze. Mai le passioni della terra hanno arrecato danno alla loro natura. – E che cosa significa la corona che portano sulla testa come voi? – Che mio Padre le ama, come io stessa le amo. – Perchè quelle che stanno al vostro fianco portano un giglio sulla fronte? – Perchè esse mi hanno amato più delle altre e per ricompensarle ho voluto distinguerle dando loro un giglio ch'è il mio fiore prediletto. –

Alzando gli occhi al cielo fece tre passi indietro e disse: – Allontaniamoci da questo cadavere immondo. Vedo in cielo un uccello. Ci allontaniamo venti passi e le bianche pecore ci seguono. – Frattanto l'uccello si precipita sul cadavere del serpente, lo prende co' suoi artigli, lo solleva tanto alto in aria che subito disparve davanti ai miei occhi. Meravigliato di vedere un uccello sì enorme, domandai di quale specie fosse. – Voi dovete sapere, mi rispose essa, che questo uccello è quello che porta la gloria all'Italia. – Ma come, interruppi pieno di confusione, dove siamo noi dunque? Voi non mi trattate nella stessa maniera di quelli che già mi sono apparsi, come chiamate dunque questo luogo? – Esso si chiama il campo della gloria. – A quale nazione appartiene il campo della gloria? – Alla Nazione del Padre mio, e sappiate che qui non possono entrare che coloro che si rendono degni della sua e della mia amicizia. – Per me mi ci sono trovato senza sapere da quale parte sono venuto.

– Voi avete pregato e la vostra voce è stata esaudita. Il vostro nemico non vi perseguita più. Ora potete eseguire la vostra Missione. – O Santa Maria! gridai. A queste parole un raggio di luce mi abbagliò gli occhi e mi piombò nell'oscurità. Le tenebre si dissiparono; ma io non ero più nell'immenso prato; mi trovavo in una vasta sala del Vaticano ai piedi di Pio IX. A questa vista mandai un grido di gioia e mi svegliai.

Me ne stavo facendo le mie solite orazioni in ginocchio dentro la Grotta; in tempo di due minuti mi vidi la Grotta illuminata a giorno, e alla distanza di trenta passi circa, si vede un buio come di folta nebbia. Io vedendo questo, rimasi sbalordito dallo stupore, e non sapevo come pensarla di questo fatto soprannaturale. Vedo entrare nella Grotta un giovane di alta statura vestito all'antica con capelli lunghi che gli cadevano sopra gli omeri e tagliati tutti a un paro; senza far parola prende una pietra in un muricciolo e si mette a sedere dalla parte sinistra entrando nella Grotta. Dietro di lui vedo entrare una donna, tutta vestita a bruno, che teneva un velo, fissato in mezzo alla testa, ma pendeva dietro le spalle, i capelli erano ravvolti in un nodo dietro il collo. Questa pure senza far parola si mise a sedere in una pietra che vi era; appena entrati nella Grotta a sinistra. Essa rimaneva di fronte a me; mi fissa gli occhi addosso con uno sguardo sì benefico che ne rimasi come incantato, sentendo una emozione soprannaturale che non so nemmeno descrivere. Appena messa a sedere la donna, entra un uomo di alta statura, tutto ravvolto in un mantello nero con cappello tondo contenente una lunga penna nera, con stivali corti con rovescini di cuoio bianco. Questo pure si mette a sedere senza far parola dalla parte destra sopra una pietra che vi era. Appena messo a sedere l'uomo del mantello nero, entra un frate con tonaca di color cenere, con cordone bianco, con sandali e senza niente in testa. Dà uno sguardo a coloro che vi erano, e senza far parola passa fra mezzo e viene a mettersi a sedere sopra una pietra poco distante da me dalla parte destra entrando nella Grotta. Io guardo questa scena fermo al mio posto, come fossi stato una pietra, incantato dallo sguardo benefico della donna che mi stava davanti. Il frate dopo avermi osservato ben bene si alza in piedi e così prese a dire: «Mi riconosci? Vedi che io non ti abbandono, dovunque tu vada». A queste parole mi sentii un brivido per tutte le ossa, ma non feci parola, e se anche avessi voluto parlare, conosco che non avrei potuto. Il frate continuò: «Qui era d'uopo che tu venissi. Ora ti sarà rivelato il mistero di tua vita dallo spirito di quelle poche ossa che tu hai scavato di sotto terra». Quando guardo, le ossa che avevo scavato fuori della Grotta, stavano davanti al suo spirito, ossia dell'uomo del mantello nero. «Ora, seguitò il frate, con senno ascolta quello che ti dirà il tuo sedicesimo Avo», colla mano mi accennava lo spirito delle ossa, e cessa di parlare.

Alzandosi in piedi lo spirito delle ossa, (e svoltosi il mantello gli si vedeva un busto di diversi colori) così prese a dire: «Fu volere dell'Altissimo e della sua divina Madre, quì presente, che quì tu venissi».

A queste parole tutti si alzarono, e fecero un inchino alla donna, e mi parve di essere inchinato, ed allora mi accorsi che quella era la Madonna, perchè a quel nome mi sentii come un colpo nel cuore. Ella pure inchinandosi si alza e pronuncia queste parole: «Il Padre mio che regna nell'alto de' cieli, acconsente con amore ad ogni mia domanda». E così dicendo alzò la testa accennando colla destra in alto. A quest'atto si spalancò la Grotta in un baleno, e vidi una corona di Angeli, che si partivano sopra il suo capo e arrivavano fino alle stelle. In cima vidi l'Eterno che teneva una palla grande in mano, tutta scintillante di fuoco e stava in atto di gettarla sopra la terra: dalla sua destra vidi Gesù che approvava a braccia aperte, e colla mano destra accennava giù in terra la sua divina Madre. E potei ben riconoscerlo dalle sue sacratissime piaghe, che mostrava scolpite nelle mani, nei piedi e nel costato. La beatissima Vergine stava colla testa alzata e colle mani aperte in atto di preghiera, e alquanto abbassandole, tutta mesta e addolorata così soggiunse: «È infinita la misericordia del Padre mio, ma le iniquità degli uomini l'hanno provocato a sdegno e chi lo trattiene è la presenza di me e dell'amato figlio». Qui resta di parlare e la Grotta ritorna nella sua naturalezza e di nuovo si rimise a sedere sulla pietra. Lo spirito delle ossa prosegue il suo discorso.

«Era d'uopo che il mio 16.° rampollo risorgesse fra i popoli, come parlarono le scritture fin da secoli sopra secoli. Io fin dalla sua prima infanzia supplicai nella Corte celeste, acciò fosse preparato e protetto dall'Altissimo. Fui esaudito. Fu guardato con occhio di pietà giù nel deserto fra le tenebre, motivo per cui fece scendere il suo servo sotto sembianza di religioso mortale a dotarlo di quelle virtù che gli hanno fatto strada alla grazia. Fu messa a prova la sua fede per il corso di venti anni; fra mezzo alla corruzione degli uomini è vissuto secondo gli ordini, e secondo come parlano le scritture. Il suo sangue fu sconosciuto da tutti. Fu privo di titoli e tenui sono stati i suoi mezzi, ma grande ed abbondante è stata la sua fede. Dalle tre rivelazioni e dai tre viaggi fatti a Roma ha dimostrato la sua obbedienza senza adombrarsi di un minimo sospetto. Anzi si è fortificata sempre più la sua fede colle ripulse degli uomini. Qui si è ritirato obbediente ai comandi del servo di Dio».

A queste parole si alzarono tutti e fecero un inchino profondo al Frate.

«Qui si è assoggettato all'ultimo limite della preghiera e dell'astinenza; quì l'ho potuto riscontrare degno del merito che deve. Il suo spirito fu incrollabile alla mia prima voce in ombra. Esso mi ascoltò con fede, e con fede eseguì il mio comando. Ha tratto il mio caduco corpo dalla dimenticanza dei mortali. Ora la fama che ravviva di me sopra le mie ossa, sarà moltiplicata in lui fra i popoli di tutta la terra. Io sono discendente del più nobile sangue deiPrincipi d'Europa, ma non ebbi dritto alla stirpe perchè nacqui da donna di altro uomo. Colui che fu appellato agli occhi del mondo, mio Padre, era dei più rinomati nobili d'Italia di... Io fui appellato suo figlio di seconde nozze. Della sua prima moglie, quando io era sul mondo, teneva tre figli maschi, ma essi furono nemici mortali della mia fama. Quando cadde la mia patria in mano dei Galli, ebbi avversa la fortuna, e mi toccò abbandonarla, e andare emigrando fra i popoli d'Italia. Mi ritirai per diverso tempo in Parma. Qui diedi origine al mio sangue, ma senza legame di matrimonio, con certa Massimina, figlia di un rinomato negoziante di tela. Il bambino che nacque da lei fu battezzato in nome mio, e fu chiamato Lazzaro, perchè nacque il dì di S. Lazzaro. Mi partii da Parma e andai a Roma. Fui accolto nella Corte di Leone X con molta stima, e qui fra l'armonia dei suoni e al brio delle Muse, essendovi i più rinomati personaggi di Europa, trovai la mia rovina, perchè qui mi feci strada al delitto. Fui ferito da una nobile incantatrice femmina. Oh misero! che tuttora ne sento ribrezzo, mi feci assassino del di Lei marito, il Conte di Pitigliano, e dopo che fui mostro di tanta iniquità, infine la ottenni per sposa. Ma l'orrore del mio delitto mi fece cambiare le di lei magiche attrattive in ribrezzo e spavento. Ma con tutto ciò io seppi sacrificare me stesso, simulando il tutto con arte di vero sicario. Sappi però che il motivo principale che mi aprì la strada al delitto fu il troppo amore alla fede e alla mia patria natia. Per mezzo di questa femmina mi feci Signore di diverse città e Castelli e per questa strada impugnai nuovamente le armi in riscatto della mia patria natia. Mi fu la fortuna avversa e crudele al sommo. In tempo della mia assenza da lei, rimasi un'altra volta misero sulla terra; poichè ebbi le nuove che era morta e non potei sapere la ragione di sua morte. Mi risolvei di portarmi in Germania a trovare l'altro bersaglio della fortuna il Signor... di Milano, cacciato dai Galli. Quì un colpo inaspettato mi fece legare in matrimonio nuovamente colla Signora... stata un dì moglie dell'empio Signore di Perugia, e aiutato da Lei e dal Signor... di Milano mi misi nuovamente alla testa di non pochi valorosi lombardi e prussiani e venni a tentare l'ultima fortuna della mia patria. Oh misero! fui tradito e in fine rimasi in preda dell'avverso destino colla perdita di tutti i miei più valorosi lombardi. Fui preso prigioniero nelle vicinanze di Como, e fui portato a Milano, dove mi fu decretata la sentenza di morte.

Un miracolo del cielo volle salvarmi l'anima e la vita. Avendo saputo il sig... di Francia della mia condanna di morte, ne trattava una sera insieme colla sua famiglia. A questo suo parlare sortì fuori un giovanetto suo figlio di sette, o otto anni, che così gli disse: – Ah Papà! ti prego salvare la vita a quel giovane italiano, perchè stanotte mi sono sognato che stava genuflesso ai tuoi piedi chiedendoti la vita e ti chiamava col nome di Padre.

A queste parole il sig... di Francia si arrestò, e gli sovvenne delle antiche pratiche con mia madre. Così subito fece revocare la mia sentenza di morte, mi fece chiamare a sè, e nello stesso tempo fece spargere la voce che io fossi stato giustiziato. Mi narrò il fatto accadutogli, e mi fece intendere le antiche sofferenze avute con mia madre. Mi ordinò però che non mi facessi più vedere in Italia, pregandomi che glielo giurassi, e tanto caldamente mi pregò, che in fine glielo giurai. Anzi di più gli giurai, che non avrei più impugnate le armi in tutto il tempo di mia vita. Mi diè una somma considerevole di denaro, onde poter vivere in terra straniera, e di nuovo gli promisi di non farmi conoscere al mondo. Ed infatti come gli promisi, così feci. Da Francia sconosciuto da tutti, mi portai a Parma a ritrovare la donna che riteneva il sangue mio. Le narrai tutta la mia vita, e tutto quello che mi era accaduto. La pregai che il mio figlio non più si chiamasse a nome mio, ma Lazzaro Lazzaretti, perchè temei che i miei fratelli un dì per gelosia di sangue non si dovessero vendicare sopra l'innocente fanciullo. Le consegnai tutta la somma che mi avea data il sig... di Francia. La pregai che lo avesse educato nel santo timore di Dio e nel sacro amore della patria e della fede, e dandogli un ultimo amplesso mi partii per sempre da loro. Presi la strada di Roma, ma sempre traversando le foreste per non essere conosciuto da nessuno, e qui infine mi ritirai sconosciuto da tutti, come penitente. Vi sono vissuto quarantacinque anni, e qui sotto questa grotta furono seppellite le mie ossa. Dopo diverso tempo furono levate, e messe sopra quella volta, e dalla volta, da poco tempo, un benefico pastore di questa terra, il quale sono pochi anni che è morto, le sotterrò, dove tu le hai scavate. Quì sotto questa grotta piansi amaramente il mio assassinio, chiesi di tutte le mie colpe perdono a Dio, e caldamente pregai il cielo che il sangue mio un dì fosse riconosciuto fra i popoli.

Lungo è stato il tempo, ma infine per mercè della Gran Madre di Dio, che a noi sta presente, furono esaudite le mie preghiere. (Nuovamente a queste parole si alzarono tutti inchinandosi a Lei). Sì, questo è quel preservato del sangue mio, che dev'essere riconosciuto fra i popoli, e rivoltosi a me, mi dice: – Ora per ultimo mio comando prendi queste ossa, mettile dentro una cassa di legno, chiudile bene, e mettici quattro sigilli, lasciaci un pegno riconoscente della tua persona, e imprimi sopra il coperchio queste lettere. M. P. Tutto questo farai avanti ai testimoni, e portala nella Chiesa antica di Montorio, ove farai celebrare una Messa solenne a tue spese. Ti sia d'avviso di non manifestare a nessuno il mio nome».

Qui cessò di parlare, e principiò il Frate così dicendo:

– Egli non farà nè più, nè meno di quello che esige la sua Missione, – e rivoltosi a me, dice – quando sarai chiamato, portati da chi ti vuole, e digli a nome di me che il tempo passa e l'inferno si avanza nelle sue intraprese; digli che non sia tardo alla voce di chi regna su tutti; digli che ti giudichi col cuore, e non col senno, da grande. Digli che molti sono che lo corteggiano, ma che tra essi vi è chi lo insidia. Digli che non sia freddo in porti fede, se non vuole che tardi sorga il pentimento. Digli che tu sei stato fatto nobile da chi è più ponente dei potenti. Digli finalmente che da te i popoli attendono la loro salute. E se ei non ascoltasse la tua voce, ritirati che io farò conoscere la forza di tua Missione. Guai, guai, se Ei ti prendesse a scherno. Ascolta questo che or ti narro, e mettilo in pratica per sorvegliare i popoli. –

Qui resta di parlare il Frate, e prese a parlare la donna, che mi aveva incantato col suo sguardo. Alzandosi in piedi Ella, si alzarono pure gli altri, che le s'inchinarono riverenti; solo io stavo immobile come una statua, però mi sentivo una gioia internamente, che non saprei descrivere. La donna alzando la testa (si apre la Grotta nel modo sopradetto, e vidi le solite immagini) così prese a dire:

– È infinito l'amore e la confidenza che io tengo coll'eterno mio Padre, e coll'amato mio Figlio, e perciò da me si dirigono le vicende di tutti i viventi della terra, e ad un sol mio cenno stanno pronte tutte le milizie celesti, e tremano tutti i demoni d'averno.

Tutto il creato da me in pari tempo dipende, sta riverente ai miei ordini ed attende la mia parola. Tu, rivolgendoti a me, che fra tutti i figli degli uomini viventi sulla terra, fosti prescelto a tanta Missione; tu che per più secoli fosti raccomandato al Padre mio con perenni preci dal grande M. P. (accennando all'uomo delle ossa) che rinunziò alla grandezza della terra per farsi servo del Padre mio; restò muto il suo nome per più secoli; ma ora per decreto del cielo risorgerà fra i popoli della terra, tu verrai rivestito dell'illustre suo sangue. Io ti benedico in questa Santa Grotta sotto gli occhi del Padre mio, dell'amato mio Figlio, e di tutta questa milizia celeste che mi sta di sopra, e di questi tre fedeli miei servi. Per parte mia ti dono virtù sopranaturale, e questa sarà sapienza e protezione dei grandi della terra.

Come pure in virtù mia sarà benedetta tutta la tua progenie. –

Qui cessa di parlare e la Grotta ritorna nella sua naturalezza.

Il giovane che non aveva mai parlato, si alza da sedere, fa un inchino alla donna e un atto come per chiedere il permesso della parola, ed Ella fece cenno di approvazione, e allora il giovane rivolgendosi a me così dice:

– Io che sono il primo dei militi dell'Altissimo, ed ho virtù di essere invincibile contro tutti i demoni d'averno, mi sarà grato in mercè della mia Signora (accennando la donna) il farti dono di essere invincibile contro coloro che verranno contro la religione del vero Dio. –

Qui tacque e prese la parola l'uomo delle ossa così dicendo:

– Ora in attestato di quello che da me gli è stato rivelato, per ultimo faccio dono della nobiltà del sangue mio, e gli dono in parte il santo amore della fede e quello della patria. – Quì cessa di parlare e per ultimo riprese la parola il Frate, che a me rivolto disse:

– Tutto ciò che fin quì ti è stato concesso, è in mercè della tua buona fede, e di Colei (accennando la donna) che tutto il creato ha ad ogni minimo cenno obbediente. Ora io pure in mercè sua posso ultimare sì alto mistero, testificando col farti in nome di Colui che regna, mio cavaliere e di più col metterti una marca in fronte per essere riconosciuto fra i popoli. –

Così dicendo fa due passi avanti, mi mette la mano sinistra dietro il collo, e colla destra mi dà una grossa manata fra lo stomaco ed il corpo; poi portandosi la palma della stessa destra alla bocca, vi dà una grande fiatata, e quindi me la imprime sulla fronte, sicchè mi sentii morire di dolore, e credei che mi avesse fracassato il cranio, e quando mi lasciò disse: – Se vinci questa delle battaglie, sei vincitore. –

In quest'istante tornò buio come prima e non vidi uscire dalla Grotta che il Frate e l'uomo delle ossa. Tentai seguirli, ma in quest'istante si levò un vento così forte, che mi rovesciò per terra e mi trasportò di tutto peso da un canto all'altro, della Grotta. Insomma la tempesta era infernale e gridai – Gesù e Maria aiutatemi e mi gettai sopra le ossa pregando. In tale stato fui fino a giorno, giacchè la tempesta sarà durata sette ore. E se io non morii, fu tutta opera divina. A Dio spetta darne relazione.

Il 12 novembre ebbi avviso dal Cursore di Montorio Romano, che il giorno appresso mi fossi portato dal Governatore di Palombara. Obbedii agli ordini e vi andai. Fui interrogato pochissimo dal Governatore, che mi trattò con parole di avvilimento, considerandomi come un mentecatto e di peggio, e mi ordinò che in termine di ventiquattro ore fossi uscito dai confini dello Stato Pontificio. Non risposi agli scherni, e promisi però di eseguire gli ordini, che mi disse erano venuti da Roma stessa.

Il giorno 14 insieme al Romito di S. Barbara per riverenza del luogo, ove accadde la celeste Conferenza, volli chiudere l'ingresso, e così ambedue ci mettemmo a fare un muro a secco chiudendo l'entrata della Grotta. La mattina del 15 partii da Montorio, e mi fermai al convento di S. Maria e dopo mezzo giorno presi la strada che va diretta a Corese. Quando vi fui vicino, era già buio, e all'improvviso sul mezzo della strada mi si fecero innanzi il solito Frate, e il giovane che mi era apparso nella Grotta. A tale incontro rimasi come di pietra, ritto e fermo al mio posto senza parlare. Essi così mi dissero «Uomo, ferma i tuoi passi, non senti che il tuo cuore ti chiama a retrocedere?» Veramente mi sentivo un gran dolore al cuore e non sapevo conoscere da che derivasse, tanto più che avendo trovato due lettere a Montorio della mia famiglia, ove mi si pregava di tornare in patria, me ne andavo volentieri per rivedere dopo lungo tempo la moglie e i figli. Il Frate così seguitò: «Ma basta: la tua obbedienza non merita rimprovero; ma devi sapere che devi tornare ad abitare la tua Grotta, perchè questo è il volere di chi ti comanda. Sono queste tutte insidie dei demoni miste alla poca fede degli uomini che tentano su di te. Essi tenterebbero di mettere in favola il tuo e il nome di Colui che regna, ed è perciò che per altro indeterminato tempo devi tornare ad abitare nella tua Grotta, poichè tante gravi ed importanti ragioni ti ci chiamano». E il giovane disse: «Sì, è divino l'annunzio che ti reca lui ed io. Sappi che innumerevoli sono le schiere che sono sortite dall'inferno per impedire la tua intrapresa. Ma ad onta delle loro insidiate brame, cadranno infine vinte dal mio braccio onnipotente». Ed il Frate soggiunse: «Tanti saranno i tentativi che faranno i demoni su di te. Ma guarda bene che da ora in avanti la tua fede non venga meno. Fino a qui la tua Missione non è stata rappresentata come si doveva, e non tanto di retto senno a motivo della troppa famigliarità che hai avuto cogli uomini. Ma d'ora in avanti poco avrai da conferire con loro».

Nel tempo che essi ragionavano, mi pareva di rifare la strada che avevo fatto, ma, senza accorgermi in un momento mi trovai davanti a una piccola Chiesetta, da dove sentivo uscire un ruscello di acqua. Io rimasi tutto meravigliato, e tanto più stupefatto, perchè nel mio ritorno e dove ci fermammo, ci circondava un chiarore che non sapevo da dove provenisse. Fermati davanti alla Chiesetta, il Frate mi disse: «Vedi, questa è l'abitazione di quel buon eremita che hai conosciuto nella tua Grotta, come colui che da me ti era stato predetto. Avverti però che non voglio che gli faccia conoscere che egli è tale, perchè così voglio. È d'uopo che ti porti nell'uscio di quella piccola casa, e avvisalo a nome tuo che domani venga a trovarti dove vi siete lasciati. Ma ti avverto di non farti vedere in nessun modo, e se volesse aprire la porta, pregalo che non l'apra, perchè così voglio, perchè fino ad un dato tempo non devi vedere alcun uomo in viso».

Udito ciò, feci la commissione, e quindi andai dietro ai conduttori, e non avevo fatto ancora dieci passi, che mi trovai davanti la Grotta. Di questo pure rimasi stupefatto. Allora il Frate mi disse: «Tu l'hai murata, ed hai fatto bene, così volevo, perchè d'ora in avanti non sia abitata più dai bruti, come è stato per molti anni a motivo dell'alterigia ed infedeltà degli uomini; mentre doveva essere restaurata, come luogo sacro e santo; e tale sempre più si è resa dopo la tua Conferenza che hai avuto in modo soprannaturale. Noi siamo al tuo fianco, ogni qual volta sia d'uopo».

Pregai e ripregai tutta la notte. Infine mi decisi di fare un tentativo per uscire dalla Grotta, facendo fra me questa riflessione, che cioè, se l'affare era veramente di Dio mi dovea togliere da questo intrico, giacchè sentivo dire in quella lettera che immediatamente partissi, se volevo evitare qualche grosso dispiacere. Finalmente mi decisi di andarmene, almeno per assicurarmi del fatto della mia famiglia. E quando non fosse stato vero, anche a costo di qualunque sacrificio, nuovamente sarei tornato alla mia Grotta.

La mattina del 27 novembre mi alzai tre ore avanti giorno, e vado al muro della Grotta al buio, per guardare dove dovevo manometterlo per uscire.

Appena avevo levato due o tre sassi, un lampo m'illuminò tutta la Grotta.

Io vedendo questo, lo presi per un qualche segno celeste; dismisi subitamente il pensiero di uscire, e mentre me ne tornavo al posto, dove dormivo, che era un angolo della Grotta in terra, dopo fatto il primo passo, cominciai a vedere un chiarore, come avessi veduto un lume dietro a me, al terzo passo sento una voce che mi dice: – Voltati uomo ed ascoltami. – A tale voce mi voltai con tutta la persona, e in questo mentre ripete il lampo, che mi abbagliò la vista di quel poco di chiarore che vi era e rimasi al buio perfetto.

Cessato l'abbaglio, veggo la Grotta tutta illuminata e distante da me davanti due passi il Frate delle mie visioni che se ne stava ritto ed immobile, e così mi disse: – Tu dunque tentavi la tua disobbedienza aizzato da quegl'insidiatori, dei quali tu non ignoravi gli astuti ritrovati, e pure ti avevo avvertito che non ci avessi prestato fede. Sappi che il risoluto tuo consiglio nel commoverti alla pietà della moglie e dei figli, altro non era che una finta apparenza per cimentarti e metterti alla prova. Io ti dico che non devi uscire di quì, finchè non avrai da me l'ordine, e la tua dimora in questa Grotta non sarà meno di quaranta giorni, e sappi che questi giorni di dimora in essa sono il riscatto di tanto sangue che si dovea versare per decreto di chi regna.

Un'altra volta avrai la rivelazione di tutto. Dunque avverti di non più tentare te stesso. In quanto alla famiglia vivi tranquillo, che per essa vi è chi pensa. E di nuovo ti dico che non ti faccia vincere dalle lusinghe degli uomini ispirati dalla malizia de' demonii.

Ti tentano tutto questo non solo per danno di te, ma per danno di tutto il tuo popolo. Dunque ubbidisci e vinci te stesso. – Così dicendo mi disparve dagli occhi, e un'altra volta rimasi al buio nella mia Grotta.

Ora veniamo a quello che m'accadde la notte del 19 dicembre. Sarà stata la mezzanotte circa e me ne stavo in un canto della mia grotta leggendo con piccolo lume che avevo. In questo frattempo sento un tuono così forte che credei qualche cosa fosse caduta nella mia Grotta. Nel medesimo tempo tirava un vento terribile; dopo il primo tuono ne tirarono altri cinque, e come dico, sembrava che fossero diretti nella mia Grotta. Quindi sento un settimo tuono (dall'uno all'altro ci passava l'intervallo di circa dieci minuti) e questo fu così forte, che io credei che il fulmine fosse proprio caduto dentro la Grotta, perchè vidi una striscia di fuoco in forma di razzo che percorse tutta la volta della Grotta. Mi coprii il viso con una piccola coperta che avevo sulle spalle esclamando:– Gesù e Maria aiutatemi. – Appena tirato il tuono, sento un colpo dentro la Grotta, come quando scoppia una mina. Io allora sempre più mi tiravo a nascondere, tutto rannicchiato dentro una buca che vi era. Dopo questo colpo sento un rombo come quando si ode il rumore di un divorante incendio, e non mi davo il coraggio di scoprirmi il capo per vedere che cosa fosse. Finalmente mi feci coraggio, e mi levai la coperta dalla faccia. Ahimè che veggo! Una fiamma di fuoco in mezzo alla Grotta, (esclamai di nuovo, Gesù e Maria aiutatemi) che sembrava una voragine e tutto pareva che andasse a fuoco. Alla mia esclamazione rispose una voce, che non potei conoscere da dove sortiva che diceva:

«Uomo non temer di nulla, chè questo fuoco non è disceso dall'alto per assorbirti, ma solo per darti quel calore e virtù che contiene. Alzati dal tuo giaciglio, dove tu stai impaurito e rannicchiato. Obbedisci alla voce che ti comanda, come obbedisti finora a chi ti ha rivelato per parte mia. Tu fosti guardato dall'alto fin dal tuo nascere e preci sono state a me dirette per l'adempimento del tuo mistero. Ora Colui che ha fatto tanto per te, ha bisogno dell'opera tua. Ma prima di principiarla, tu hai bisogno di Me, ma non Mi vedrai e non Mi potrai vedere, se non in Te, e da Te stesso poi saprai Chi sono. E quando Io sarò in Te, Tu non sarai più Te; non più troverai Te in Te; ma in Te troverai Me, e Me con Te. Farà il voler di Te chi in Te con Me farà il voler di Me, e il voler di Te con Me farai il voler di Me, che sarà il voler di Me, che sarà il voler di Te, ed il voler di Te sarà il voler di Te con il voler di Me, e Te non sarai più Te, perchè Tu sarai Me, quando Io sarò con Te, chè Te sarai con Me, che Tu con Me sarai Me con Te. E questo enimma scioglier non potrai, se non con Me, chè allora non sarai Te, perchè Io sarò con Te, Te. Or via fatti coraggio senza timore; vinci la viltà mondana, chè essa non è che un'ombra di sospetto. Da questa face avrai quella virtù che essa contiene. Avanzati dunque senza timore».

A questo strano fatto rimasi come confuso, e nello stesso tempo compresi che questo era il mistero più grande. Mi alzai dal mio posto e facendomi coraggio, fo tre passi in avanti e mi getto dentro senza pensare a guardare ad altro, facendo conto d'immolarmi vittima di quella voce che me lo comandava. Appena fui dentro la face, non sentii altro che salirmi un gran calore dalla pianta dei piedi fino alla testa, e nel medesimo tempo sento un so che in tutta la vita, come quando viene tirato addosso un liquido all'improvviso alle reni. Nell'atto stesso sparisce la face, ma la grotta restò illuminata, come se la face vi fosse ancora, e non si vedeva da dove venisse questa luce. Dopo lo scrollo nella vita sentii in me uno spirito, e subito compresi il mistero di quelle parole enimmatiche, che non capii affatto, quando la voce invisibile me le pronunziò. Oh potenza di Dio! esclamai. Voi vi dimostrate a me con questi terribili segni! Ah no! non mi arresterò mai nel darvi fede sotto qualunque forma mi vi manifesterete. Sì, in tutto vi riconosco, in tutto vi adoro. Sì, parlate pure, potentissimo Iddio, a me misero mortale e peccatore indegno, chè io vi ascolterò, vi obbedirò, farò tutto quello che vorrete, vi darò anche la vita; vi darò... ma che vi darò, mio Dio? Sempre vi darò tutto quello che mi avete dato. Ah! sì parlate, chè la mia obbedienza sarà cieca per voi; anzi ogni vostro piccolo rumore sarà per me un volgare linguaggio. Sì, sì farò tutta la vostra volontà. Sì, vi obbedirò, mio Dio. Ora conosco il mistero delle vostre parole. Ora comprendo la virtù di quella face; ora conosco quello che da me non era conosciuto, e che mai potevo conoscere. Oh santa face che mi hai dissipato le tenebre ove dormivo nel sonno del peccato e dell'ignoranza! Ma che dico, mio Dio? Sì, sono un peccatore; perdonate i miei falli, perdonatemi per pietà, parlate una sola parola che tranquillizzi il mio povero cuore. Mi basta un sol cenno del vostro perdono. Ma quella voce, quella face chi era? Chi sono? Ah misero me! che sogno? No, no, non sogno. Sono; chi? sono un misero, mio Dio, perdonatemi.

Mentre io stavo ginocchioni sforzandomi con queste espressioni, sembrandomi di essere in delirio, perchè non sapevo più conoscere me stesso, sento al tergo una voce che così mi dice: – Alzati uomo, sono stati rimessi i tuoi peccati; e quando colla tua cieca obbedienza ti sei gettato in mezzo alla face, non solo sono stati rimessi i tuoi peccati, ma hai ricevuto virtù soprannaturale. Da questo istante tu sei rinato al mondo a nuova vita, perchè da quella divina face sono state purificate le tue membra e il tuo senno. –

A queste parole subito mi alzai in piedi e mi voltai. Quando guardo, era il solito frate delle mie conferenze, vestito del medesimo abito di quando mi comparve sulla riva del mare nella barca, e teneva in mano quel volume che cavò dal masso delle tre fontane. Lo guardai stupito e pieno di terrore senza far parola. Esso seguita il suo discorso:

– Sappi che pur io sono sceso a te per farti noto l'ultimo mio comando. Fin da questo istante. sarai guidato e sorretto dal calore che ha infuso in te quella face divina che ti ha penetrato dalle piante al cervello. La tua dimora è stata trasferita ad altri sette giorni e quattordici ore. I quaranta giorni ti erano stati assegnati per due misteri. Uno per gli anni che ti rimangono di vita e l'altro per risarcimento delle vittime che dovevano perire. La lista che riguardo su questo libro oltrepassa i quarantamila. Ora ti sovvengo di quello che altra volta ti accennai. – (aprendo il grosso volume) disse: – I giorni che hai dimorato qui all'obbedienza divina, sono stati, come ti ho detto, il risarcimento di tanto sangue che sparger si dovea sul tuo popolo. Fu revocabile questa sentenza orribile fra i decreti irrevocabili dell'Altissimo per mercè della gran Madre dell'Incarnato UomoDio, e per le preci incessantissime di me, di tutta la mia Innumerabile schiera celeste e del tuo illustre sangue. In questo libro sono registrate le vittime e tutto quello che doveva avvenire in sì orribile scempio.– Apre nuovamente il grosso volume e soggiunse:

– Quarantatremila erano le vittime che dovevano cadere. Quattromila i feriti mal condotti; trentanove i templi distrutti e debellati con buona parte dei religiosi. Quattordici le città messe a sacco dalla prevaricazione dei demonii aiutati dalla ferocia degli uomini, e fra paesi, castelli e villaggi ascendono alla cifra di quarantaquattro. Questo scempio dovea seguire sul tuo popolo, e non fu eseguito. Già i demonii principiavano le loro conquiste. Ma ad un sol cenno di Colei che ti protegge, si ritrassero pieni di furore e d'ira nel loro averno. L'Eterno si trova obbligato ad ogni suo volere, per cui in mercè di Lei fu revocabile l'orribile sentenza; ma è sempre in riserbo la sua vendetta sugli uomini profanatori del suo nome e del suo santuario. Di ciò da te stesso d'ora in avanti ne sarai convinto. Andiamo alla conclusione. Hanno arrecato altri vantaggi i giorni che tu hai dimorato in questa santa Grotta. Quelle quattordici ore di più dei quarantasette giorni hanno prodotto in te la massima delle opere di misericordia. E queste saranno una delle più belle conquiste che farai in onore di te e di Colui che ti protegge. Qui per ora non si tratta di esecuzione alcuna. Solo però sono stati trasferiti i tuoi mille discepoli ad altro tempo indeterminato a motivo che la fede degli uomini è ancora fredda. Ma per nuovi metodi infine sarà eseguito tutto quello che da me ti è stato riferito nel prato delle tre fontane. Per ora è d'uopo che ti ritiri colla tua famiglia e in seguito quello che dovrai fare, da te stesso lo conoscerai. Riferisci per ultimo in scritto tutto il rimanente del tuo accaduto a Colui che succede al mio posto, e manifestagli pure il pensiero che d'ora in avanti ti verrà su di lui e su tutti quelli che può concepire il tuo pensiero dell'avvenuto e dell'avvenire. E di quello che scrivi, danne sentore, agli uomini, e non pensare alle difficoltà dell'eseguimento. Ti sia di avvertimento che il tuo corpo non sia dominante del tuo spirito, che i tuoi sensi non abbiano altro fine che di adempire alla tua Missione; che il tuo udito ascolti sempre la voce della giustizia, che le tue pupille non guardino altro che la grandezza e la magnificenza di Dio: che i tuoi passi siano sempre diretti all'adempimento dei santi doveri di chi ti guida; che il tuo cibo sia parco a seconda la complessione del corpo, che il tuo sonno sia breve; che le tue preghiere siano incessanti, e nell'insieme che il tuo tenor di vita sia ritiratissimo dalla Società degli uomini. Cerca di essere doveroso verso la tua famiglia. Guarda, per quanto potrai, di studiare sulle cose di Dio. Ed infine sii rassegnato a tutto quello che ti avverrà in disagio di te e della tua famiglia, e la tua fede sia sempre viva. Guarda bene che in te sono accresciute quelle doti che non si ottengono dall'alto che per grazia speciale; ma ti sono accresciuti in proporzione gl'insidiatori coi quali e coi tuoi tre nemici avrai da combattere non poco. Ora ti lascio in balìa del calore che ti ha infuso quella santa face, ma però sempre su te saranno rivolte le mie pupille. Dunque hai inteso? Ci rivedremo al tuo ritorno nella terra dei grandi.

Detto ciò mi sparisce e nuovamente rimasi al buio nella mia Grotta.

Miei buoni patriotti Amiatini, non havvi memoria nelle antiche e moderne storie, che narrino un fatto come questo che segue ed è per seguire su di me e su di voi. Oh, sì! miei cari, tal fatto, per non dir prodigio, non è che opera divina, e se tale ne sia, da voi stessi lo dovete conoscere; ma solo però in mercè di Dio e di Maria Vergine.

Io, miei cari, vi parlo un linguaggio poco confacente al secolo in cui siamo perchè questo mio linguaggio, anzi parlare, non pronunzia accento che non sia di un forte rimprovero al vizio e al peccato, ed in pari tempio ad esaltamento e gloria di Dio, e colla stessa parola dimostro l'aborrimento di Satana e degli empii e maligni spiriti di averno. Questo è propriamente il mio linguaggio.

Chi io ero, e chi ora sono mi conoscete, un peccatore, un perverso, un nemico di Dio: ora oserò dirvi che peccatore purtroppo lo sarò, come fragil creatura di questo misero mondo; ma non più, non più avverso e nemico di Colui nella cui mercè cammino e vivo sul mondo.

Il mistero del mio cangiamento non evvi del tutto oscuro: chi più chi meno tutti sapete in buona parte qualche cosa. Sicuro che il dover pretendere che tutto quello che si racconta del mio successo, debba essere creduto non intendo, ed il pretenderlo sarebbe una stoltezza; anzi una vera e propria temerità ma però vi prego che questo non lo prendiate per favola, come tanti lo prendono; questo, miei cari, ve lo dico seriamente. Statevene in guardia di tutto quello che vi prevengo, che mal non farete; l'esecuzione lasciatela regolare dalla provvidenza e dal tempo; ma però vi prego che vogliate perseverare per quanto sia possibile in quella buona fede che ha commosso il mio e il vostro cuore, e che ci ha riscattati alla giustizia degli uomini e di Dio. Io non voglio credere e nemmeno supporre che questo amore ed affezione che dimostrate voi tutti su di me non venga prodotto da fanatismo, come tanti lo vogliono, e non come il credo e lo voglio io, che solo il bramo per effetto di spirito religioso, di amore, di fede, di attaccamento, di amicizia fraterna ed animo di carità cristiana. Di questo non ne dubito neppure per ombra; ma però bisogna che io vi dica che ve ne sono taluni fra di voi che non sono ancora del tutto convinti del mio modo di dire e di operare, per cui tengono il loro pensiero indeciso e sospeso in due punti, e non sanno di questi a quali possono apprendersi. No, miei cari, non spetta a me il dover dire che prendiate quello del credere, ma dico che spetta a voi a ponderar bene la cosa e decidere. Ah, no! non voglio credere che sia spenta nei vostri cuori quella Religione che tutti gli uomini hanno per istinto di natura e per insegnamento dei loro padri antichi. Dunque se ciò non sia, perchè vi fate vincere da quello spirito malefico e maligno d'incredulità? Oh sì! se voi volete vincere questo dubbio, fissate lo sguardo in Dio e pensate che esso ha sottratto dal nulla tutto quello che si vede nel cerchio del cielo e della terra.

Rispondetemi, e ditemi, se questo Onnipotente Iddio ha sempre il dritto e potestà di operare e fare operare prodigi da chiunque gli aggrada? Questo, io credo non potrete obbiettarlo, perchè cadreste in eresia, anzi per meglio dire in ateismo. Dunque da qual parte vi rimane il dubbio? Non lo conoscete, e lo vedo che da voi stessi non lo potete conoscere; ma io lo conosco, miei cari ed amati amici, sì lo conosco che esso proviene dalla parte della poca fede; perchè da questa parte vi predomina abbondantemente il peccato, e dove predomina questo, non regna che invidia e malizia la più fine di Satana; ed è appunto che per questa parte vi porta per la testa tanti pensieri cattivi e tante false immaginazioni. Ma io vi farò intendere che la falsità non produce mai degli effetti che destino l'ammirazione ed attenzione dei popoli; e se di primo slancio mostrasse in qualche modo un qualche progresso, sarebbe questo di pochissima durata; ma la verità all'opposto si è sempre veduta in ogni tempo principiar col poco, e fra lo scherno degli uomini e degli increduli (che in ogni tempo ci sono stati) con più che viene perseguitata e vilipesa, tanto più maggiormente ingigantisce e si attrae la simpatia e la stima dei popoli e di Dio. Con ciò non voglio dire che tal ne sia di me nel tempo in cui parlo; ma desidero fermamente che sia per l'avvenire.

No, non diffido del vostro buon cuore; che fin qui mi avete dato prove di attaccamento degne di ammirazione, degne non solo di me, ma di persone di senno e perite in lettere, di consiglio e di matura esperienza. Non crediate, amici cari, che io vi riferisca questo per farvene una benchè minima adulazione, come taluni lo crederanno; no; di questo siatene convinti e non dubitatene, perchè io vi parlo chiaro; questo ve lo assicuro sulla mia parola evangelica. Oh sì! quello che a voi riferisco, non è che la pura verità di Dio, e nel mio procedere mai mi partirò dalla sua giustizia. Io vi dirò che i meriti miei non sarebbero tali da dover essere ammirati e considerati nel mio procedere e nel mio fare; questo me lo riconosco purtroppo; ma pensate, miei cari, che sono un essere misterioso, e misterioso io credo che debba essere il mio avvertimento, il quale vi riferisco in detto profetico, quanto in detto apostolico e popolare.

Che devo dirvi di più? di più non posso come misera ed insensata creatura. Oh sì! vedo che alcuno sogghigna, e sento esclamare con atto di scherno e disprezzo, che il mio dire non è che una sorgente di spirito alienato con una espressione troppo presuntuosa ed esagerata; arrogandomi quello che a loro sembra troppo, per cui dicono che non può tornare in nessun modo, e su ciò prendono disputa insistendo nella loro pretesa opinione e vanno dicendo che non sono un essere da prendermi in considerazione; e nè tampoco è da prestar fede a quello che io dico.

Oh, per carità, fratelli, per carità non vi lasciate vincere da questi falsi credenti; fidatevi vi prego, della mia parola, e per quanto sia possibile mettetela in pratica, e poi vedrete, se io erro nel mio insegnamento. Io non ho da farvi vedere di prodigioso, miei cari, ma in attestato della mia misteriosa Missione (se tal la volete), lo avete veduto e lo vedete da voi stessi, tanto nei vostri segni esterni, quanto negli interni.

Ma io dico che voi non potrete negare di non sentire nei vostri cuori una certa emozione che vi tiene agitato in buona parte il pensiero, e più d'ogni altro, codesta emozione vi fa sentire una rimembranza del male operato e richiama la vostra coscienza al pentimento e all'emenda di tutte le offese che abbiamo fatte alla santità celeste e alle nostre creature umane. Questo risentimento bisogna che io vi dica che addivenire non può che per divina misericordia. E che ciò sia così ve lo testificherò colle prove, anzi me ne darete voi stessi una chiarezza la più singolare. Quel cangiamento di vita di quelle persone le più intrise nel peccato, nel vizio, nella bestemmia ed eresia, che cosa ne dite? Rispondete.

Questi cangiamenti (come vogliamo dire) nel tempo in cui siamo, sono meravigliosi e dànno da pensare, ancor non volendo, che qui v'influisca una grazia speciale; non dico però che da me si producano tali effetti; ma dirò che su di me e su di voi opera la providenza; e molti non vorrebbero che ciò fosse. Queste non sono obbiezioni che degradano la mia stima, presso di voi, anzi taluni accrescono maggiormente di credenza, e concepiscono di me più alta stima e mi favoriscono sempre più il loro cuore alla buona fede, e con zelo e coraggio perseverano nella loro intrapresa strada; conciosiacchè in essa conoscano esserci da sormontare scabrosità le più grandi. Ma discerno in buona parte di loro che altro non hanno di mira che la gloria di Dio, la redenzione dei popoli e l'accrescimento della vera e Santa Religione di Cristo.

Miei cari fratelli e patriotti Amiatini, quale cosa di più grande, di più nobile, deve augurare un uomo di questo mondo di quello che augura il vostro cuore?

Oh quanto è grande e santo questo principio che abbiamo intrapreso, calcando l'ordine di giustizia del cielo e della terra, guidati da quel santo lume della Religione fondata col sangue dell'Uomo Dio. Perseveriamo, miei cari, nella strada intrapresa; che l'Onnipotente Iddio ci riguarda, ci assiste e ci benedice dall'alto dei cieli. Io vi assicuro, e credetemi, che un dì saremo rimunerati di quel merito che deve ognuno che ama Iddio, e raffida nella sua infinita Misericordia. Dunque siamo concordi per amor di Esso nella nostra fratellanza, e preghiamo unanimi che ravveda tutti coloro che traviano dal seno della S. Chiesa e dal suo insegnamento; che esso, come sapete, non si diparte che dalla sede apostolica di Pietro. Preghiamo, dunque, miei cari, e preghiamo incessantemente, affinchè nella nostra bella e santa Penisola non vi sia più nemmeno un solo italiano che non creda alla Chiesa Apostolica di Roma; ma che diciamo tutti ad una voce che solo essa è la giusta, la vera e perfetta nel suo ministero, e che fuori di essa non vi è che scismi ed eresia. Questo lo desidero, anzi mi lusingo che lo desideriate pur voi. Io anelo con tutto il cuore di sentir declamare da ogni lingua d'Italia:

Evviva Iddio – Evviva Cristo – Evviva Maria – Evviva la chiesa Romana.

Taluni sentendomi dir questo, crederanno che io sia un partitante dei preti: no, miei cari, sbagliereste se così pensaste.

Io vi dico in verità che non sono partitante di nessuno, io non ho chi mi protegga nel mio operato, solo che Dio. Io vi dico nuovamente in verità che nessuno mi imbocca. La mia penna scrive la verità e dal senno con cui essa vien diretta, credo senza dubbio che non vengano decifrati, o per meglio dire, espressi errori e falsità. E se qualcuno credesse di trovarli, me ne diano sentore, che io mi chiamerò (se a caso ci fossero) alla ragione.

Questo mio ragionamento, miei cari patriotti Amiatini, racchiude seco il mistero il più grande, e questo mistero si racchiude in me ed in voi, e che ciò sia, un di voi stessi lo conoscerete, e saprete interpretarlo, ben inteso però che non traligniate dal punto di mira che avete preso.

In me potete conoscere bene che non evvi fine indiretto, e se ciò vi dico, ve lo dico solo per il vostro e per il mio bene, anzi per meglio dire, pel bene di tutti. Io prendo da voi quest'opera di carità sol per gratuire il vostro buon cuore, e me ne approfitto al solo scopo d'anticipare maggior tempo per poter più a lungo propagare la mia parola ed i miei scritti.

Ecco, miei cari, il fine per cui accondiscesi ad approfittare del vostro buon cuore; però non basta qui lo scopo di tale attaccamento; di più bello si racchiude nel suo mistero e sarà quello di aver sempre viva la rimembranza di voi, come voi l'avrete di me. Questo campo dove voi mi avete dato testimonianza del vostro buon cuore, d'ora innanzi sarà chiamato il Campo di Cristo. Oh beati quelli che ne raccoglieranno la mèsse! Voi qui in questo campo avete lavorato per me, ed io coll'aiuto del Cielo per altre parti cercherò di faticare per voi. Iddio sia quello che un giorno vi benedica in seno alla vostra bella Patria, ammirati da tutti i popoli della terra. Io non so, miei cari patriotti e fratelli, quando sarà il tempo che mi sarà concesso di dimorare fra voi, ma se pure vi dovessi abbandonare quanto prima, non vi arrechi disturbo, nè dolore, perchè così vuole Iddio.

E quando lo vuole Lui, bisogna ubbidire alla cieca e non transigere un solo attimo. Ma vivetene tranquilli che se pure me ne vado lungi, non mi scorderò di voi e terrò sempre nel mio cuore viva la rimembranza della vostra buona memoria, e se andrò pellegrinando il mondo fra nazioni straniere e barbare non temerò, perchè solo mi fido in Dio e nelle vostre preci. Oh sì! ovunque io vada, ovunque io mi trovi, avrò sempre rimembranza di questo beato luogo, e dolce mi sarà la memoria di questo felice giorno. Oh! come giubilo nel vedervi tutti riuniti a me come tanti cari figli che ansiosi ascoltano gli ordini e gli ammaestramenti del loro padre. E come allora in mezzo a questo amato circolo non mi sarà concesso di versare una lacrima di tenerezza?

Oh sì! concedetemelo, miei cari fratelli, che ne ho ben d'onde. Se pure mi trovassi nelle parti più remote della terra, sarò sempre col pensiero vicino a voi, e guardando altri popoli, mi consolerò con loro, perchè crederò di ragionare con voi stessi, e le loro voci risoneranno al mio orecchio come il dolce suono del vostro bell'italico linguaggio, ed allora, tutto gioia e contento indirizzerò una preghiera a Dio che me benedica e assista e consoli lungi da voi.

Per dimostrare maggiormente ai posteri il mio e il vostro attaccamento, vi contenterete che i vostri nomi siano fregiati fra i miei scritti per tener più viva la memoria di questo giorno, tanto in voi che nella discendenza dei nostri nipoti fino che il sole riscalderà la terra.

Stanco dalla fatica dopo una lunga preghiera io mi gettai sopra un banco, dove il sonno mi assopì; un'ora dopo mezza notte nell'Oratorio di S. Brunone ebbi in sogno la seguente visione.

Mi sembrava di essere in questo Oratorio leggendo alcune lamentazioni che io avevo scritto alcuni giorni indietro per esprimere la mia contrizione a Dio. Mentre io leggevo il mio scritto, io vedevo dal foglio che tenevo in mano uscire dei fiori di diverse specie e di diversi colori. Trasportato dalla gioia raccoglievo questi fiori che esalavano un profumo indescrivibile, e ne formavo diversi mazzetti. Inginocchiato pregavo il Signore, affinchè mi facesse conoscere il significato di questo prodigio. Mentre pregavo con fervore vidi venire nell'oratorio S. Michele Arcangelo, vestito come i 7 angeli apparsimi nella Grotta di S. Angelo in Sabina, e la SS.ma Vergine Maria vestita a bruno. Essa approssimandosi a me disse: – Mio... servo, alzati e dammi cotesti fiori che tu hai ricevuto dal mio Figlio Gesù, ed è per questo che mi sono tanto preziosi, ed io stessa li darò in dono a tutti quelli che sapranno con fede, colla preghiera e col sacrificio amare il mio figlio Gesù, come tu servo fedele lo fai... per gli uomini, i quali al presente ti giudicano tutt'altro... e credono tutto al contrario di ciò che tu dici e fai in nome di Dio.

In qualunque modo essi ti tratteranno, osserva, mio... che tu non devi allontanarti dalla fede de' tuoi... Non ti affliggere; perché tutto alla fine tornerà a tuo vantaggio. Niuno può... davanti a me e al mio Figlio Gesù. Egli ti ha parlato al cuore, e ti ha ispirato vivi sentimenti di dolore e di contrizione della tua passata vita. E questo dolore e contrizione hai espresso scrivendo queste lamentazioni, dalle quali ti sono apparsi questi fiori celesti. Questi scritti sono prova che il Signore è con te. Mio... tu non comprendi il prodigio, il mistero e le meraviglie di questi fiori celesti, che i tuoi scritti hanno fatto apparire sotto i tuoi occhi, e perciò hai domandato la spiegazione, pregando umilmente. Per questo motivo io sono venuta espressamente da te accompagnata dal mio Principe celeste, tuo. Tu hai ottenuto la grazia che hai dimandato umilmente, e nello stesso tempo sono venuta per farti conoscere i segni terribili dell'irata giustizia divina. Sappi, mio... che questi scritti, come quelli che farai d'ora in avanti a lode dell'Altissimo e Clementissimo Iddio, saranno gli uni e gli altri un vaso di divina eloquenza, e il medesimo effetto si produrrà in quelli che li leggeranno con fede ed umiltà, poichè io infonderò nei loro cuori la verità e la santa fiamma della fede, dell'amore, della carità e della giustizia... Rammentati, mio... che io nella Santa Grotta ti diedi il dono della sapienza, non di quella che rende l'uomo vano, ma di quella che perfeziona nelle vie della virtù e lo rende umile e santo. È mia volontà, come quella del mio eletto Gesù, che le tue lamentazioni e le tue lodi al Signore che scriverai, siano propagate tra i cristiani credenti nella miglior maniera possibile, affinchè io possa donare agli altri questi fiori che hai ricevuti dal mio caro Gesù, ed affinchè essi producano abbondanti frutti per la salute eterna dell'anima loro e per la gloria di Dio.

Iddio nella pienezza dei tempi coll'esaltamento di un uomo il più misero, ha voluto architettare da per sè stesso un'opera misteriosa e sublime di un connesso procedimento dalla Redenzione di nostro Signore Gesù Cristo coll'Aspettato delle nazioni, il Liberatore dei popoli, il rigeneratore dell'ordine morale e politico, il quale rappresenta una parte fra i popoli traviati e corrotti molto simile e fraternizzante a quella di nostro Signore Gesù Cristo, quando comparve nella pienezza dei tempi, come uomo fra gli uomini a dare il compimento alla sua divina Missione coll'adempimento di tante profezie che lo annunziavano fin da secoli più remoti, e così soddisfare l'assoluto volere di sua divina giustizia, onde placare lo sdegno suo, cagionato dalla molteplicità dei peccati degli uomini.

Eccoci, miei cari, ai tempi designati da Dio. Io sono qua sorto fra i popoli annunziando cose, tutte coincidenti ai tanti vaticini che additano vicino il tempo della venuta del celeste Liberatore, il Gran Monarca, il prediletto, il favorito di Dio, il terrore delle genti, il folgore della divina giustizia, il culmine della carità cristiana, l'amoroso padre di tutti.

Cosa pensano i buoni e religiosi credenti di me? Credono che io sia un uomo, designato da Dio per la maturezza dei tempi? Io non parlo di me, opero in me stesso, e dico di aver detto assai, e sufficiente parmi di far comprendere chi io mi sia, senza che il dica.

I disegni della providenza divina sono sempre condizionati all'esecuzione del comando e della Missione che impone Iddio a ciascuna delle sue ragionevoli creature, quali meno, quali più importanti; e ogni uomo può farsi degno di lui in essere cooperatore a qualunque suo preordinato disegno.

E se tutto questo è di fede, nessun uomo può dire: Io sono un mandato di Dio, io sono l'uomo che coincido ai segni di tanti vaticinii, ed altri esser non può, se non io. E dice: Ho sicura la mia missione e certa. E superbamente crede che Iddio da lui non possa dipartirsi volendo ed in altro trasferire la sua Missione.

Lo può, se il vuole, e dal superbo che si arroga il potere, si discioglie dai patti e dai legami, e lo disperde come polve al vento, e più non è quello ch'esser dovea dai segni vaticinati. Tutto questo esser potrebbe, se di noi non abbiamo bassa stima, conoscendoci un nulla avanti a Dio.

Torno a dirvi di me; ch'io mi sia, mi vedete e a suo tempo saprete chi io sia: ma necessita prima che vi uniate con me a pregare, che i nostri cuori siano umiliati avanti a Dio, e che facciamo perfetta contrizione dei nostri falli.

Io sono il più misero figlio tra i figli della colpa e sono colui che devo tra voi rappresentare le veci di Padre e di Maestro di educamento tutto morale e religioso. Per cui quanto maggiore è in me la Missione che non è in voi, altrettanto è la cura e il dovere in me di essere umile, prudente, operativo e pio, saggio e fervoroso nel santo servizio di Dio, vigile al sacrosanto dovere di carità, di amore e di giustizia. E se maggiore alla vostra è la mia Missione, altrettanto ho bisogno di voi, di essere da voi raccomandato caldamente nelle vostre e nelle mie preghiere a Dio, affinchè mi mantenga salda nella fede, non abbia timore de' miei nemici, non curi lo biasimo dei tristi, sappia sopportare con pazienza ogni amarezza interna ed esterna e insomma affronti ogni periglio della vita; e rassegnato in tutto al santo volere di Dio.

Miei cari, chi io mi sia, non vi è bisogno di dirlo: seguitemi nella mia intrapresa; armatevi unitamente a me di fede, di speranza, di carità e di quella carità fondamentale io dico, che se pospone, al ben comune, quella che il cuore umano impera in tutto, quella che al sacrificio è volontaria, che pure al male porge pietosa la mano amica, e ogni periglio affronta valorosa, tenace e indivisibile suora d'ella giustizia, e prediletta figlia del santo amor di Dio. Questa nel mio e nel vostro cuore abbia il suo impero, e poi voi mi seguite ed io vi seguo; ma prima necessita che addiveniate a me simili con distaccarvi da quei lacci che legano al sozzo e al tristo mondo del piacere del bello e dell'infame spirito di avarizia e di superbia.

La venalità dal vostro cuore sia sempre bandita. L'ozio e il vizio siano calpestati come il fango della terra, e l'iniquo e barbaro linguaggio della bestemmia e della maldicenza mai più si oda risuonare nelle vostre labbra, se di me volete essere amici e seguaci.

Io nulla vi promisi, nè vi prometto ora, nè per l'avvenire di grandezze e felicità terrene. Là, là vi dissi è quel tesoro immenso, quel regno eterno, ove avremo il trono, la corona e la palma, che ci è dovuta dalle nostre sante fatiche, e dei sudori di vivo sangue che versato avremo per la causa della giustizia, e per aver fra i popoli ravvivata la fede, e inalberato per ogni parte della terra il santo vessillo di nostro Signore Gesù Cristo e riformato i popoli, e la Chiesa fiorente per tutto il mondo in un sol rito e in una sola fede, trionfanti degli idoli abbattuti, delle vinte eresie, dai falsi riti purgato il culto, e la corrotta Chiesa da un lucro infame e da un abuso indegno di prostitute e barbare dottrine, attinte dalla cattedra iniqua di Satana.

Eccovi, miei cari, il premio che io prometto ai miei seguaci. Il cielo è la nostra patria; Iddio è il nostro Re. La terra quaggiù fra noi miseri mortali non è che un'infima e povera laguna, pasto di vermi e di miserie piena. L'uomo in essa è un impasto di poca ed infeconda polve, e più che polve non è la sua grandezza. I troni, i regni della terra non sono che atomi di quella stessa polve, i quali svaniscono in un momento sulla faccia dei secoli.

Miei cari, se tutto quello che vediamo quaggiù di bello, di grande e di maestoso svanisce avanti a Dio, che cosa rimane di noi? La gloria sola rimane conseguita dal merito. E questa, mi direte, dove acquistare si può? Nelle fatiche di un'operosa vita, nel distacco delle umane passioni, e nel seguire l'insegnamento delle morali e religiose virtù coll'operativa carità cristiana.

Questa è la dottrina che io tramando a voi, e che io attinsi là sovra quel santo legno, che vi additai della Croce, dov'è morto l'UomoDio per la gloria dei giusti, e dove ha impresso a vivi caratteri di sangue i segni certi di ogni redenzione, di ogni scienza e virtù, di ogni giustizia e verità di fede. Chi mi vuol seguire, giuri su quella di essere servo di Dio, nemico del mondo, del demonio e della carne e campione di Cristo e della fede, e fedeli seguaci delle mie non poche sventure che mi avverranno, finchè vivrò nel mondo, e che retaggio saranno ai figli e seguaci miei, perchè io come essi siamo consacrati a consumar la vita sotto i disagi di sudor di sangue e di martirio per la causa comune di tutto il mondo.

Un cuor vile, un cuore freddo non può seguirmi: è d'uopo si ritiri da me chi non è degno di sì alta Missione, e poi per questi l'Egida santa non ha alcuna virtù, e al primo attacco del nemico ei convien che pera. Meglio fia per loro restar nel loro silenzio pria che perir da vili via facendo nella nostra intrapresa.

No, no, vi prego, se voi non siete ripieni di fede, di speranza e di carità, come vi ho detto, non vi esponete a un tal periglio. Prima pregate e perseverate nella dura prova della mia scuola. Da voi altro non chiedo che un assoluto distacco di tutte le vostre passioni, e un disinteresse totale dell'illecito lucro che a voi fu caro un tempo delle fallaci avidità terrene.

Le mie milizie sono ordinate là nei vasti campi della pace e della concordia sotto il santo vessillo della verità e della giustizia. È un grave delitto del mio codice di disciplina il disertare dai doveri della prudenza e del rispetto. È reità di dimissione assoluta dai ruoli delle mie milizie l'insubordinazione e l'incuranza ai doveri del proprio ufficio. La gente di malumore è rigettata dal mio servizio, e ritenuta indegna di militare sotto la mia bandiera. Io sono amico di chi ama la pace, teme Iddio ed ama il suo prossimo.

Oggi che mi presento a voi, chi io mi sia, mi vedete, e non è d'uopo chiedere a me quello che non avete dritto di chiedere, cioè il prodigio, il miracolo, il veggente ed altre vili curiosità, tutte parto d'infedeltà, d'indiscretezza e di studiata malizia di Satana.

Le opere sono gli attestati che confermano la mia Missione e mi autorizzano a dover seminare frutti di ogni buon principio.

Le avversioni che fin qui ho avute, e mi prepara per l'avvenire il mondo, sono cose di poco rilievo di fronte a quel potere immenso, che io dissi più volte nei miei scritti, essere a me favorevole.

Io, miei cari, sono come un albero in cima a un monte, combattuto dai venti, e imperversato dalle tempeste, ma barbicato in forte e profondo terreno, che altro danno non risente dall'infuriare e imperversare dei venti, che maggiormente profondarsi nelle sue radici e dilatarsi colla vegetazione dei suoi frondosi rami. Tale sono io nell'avversione che a me fa il mondo.

La mia base è profonda, la mia sommità è elevatissima, e le mie fronde si spandono immensamente di giorno in giorno nella sua vegetazione, che l'ombra delle medesime fra poco sovrasta a tutte le altre piccole fronde che sotto di esse rimangono.

Da questo mio simbolico linguaggio potrete chiaramente comprendere che io non temo quello che temer dovrei, come uomo misero e tapino, il quale sono io. Il perchè non temo, il saprete a suo tempo e vedrete che io sono per voi quello che sono per Iddio. Tirate un velo sulle vostre fronti e non osate levarvelo, finchè degni non sarete di sì grande missione.

Più volte vi ho parlato in simil guisa, e a questo tuono di mia voce tremate, il veggio, ma bisogna che io vi dica che altro non è che un tremore di un timor che poco io stimo, perchè temete me e non temete Iddio, e chi Iddio teme, non ha timor di nulla, e nulla paventa colui che teme Iddio, perchè in Esso confida. Io temo immensamente Iddio, per cui di nulla io temo.

Ditemi voi: son le armi mie guerresche? hanno punta, hanno taglio, fanno fragore? sono micidiali forse e avide di sangue, come tutte le armi degli uomini? No: le mie armi sono armi, è vero, ma armi pietose, e terribili a un tempo, micidiali e distruggitrici anzi sono fòlgore, son fuoco divoratore di ogni empietà, d'ogni nequizia umana. Io altre armi non ho che la inesorabil verga della giustizia, altro fragor non porto fra i popoli che quello della pace e della concordia.

Là torno a ripetervi per la terza volta, ho spiegato il mio campo sotto la triplice insegna della fede, della speranza e della carità colla giustizia insieme.

Chi mi vuol seguir, mi segua, ma valoroso sempre fino alla morte. E chi di tali virtù non è munito e pronto, si divida da me, lasci il mio campo, e non osi di entrare, io non cel voglio; ve lo impongo con assoluto comando a nome di Gesù. Io sono colui che a voi parlo in sua vece.

34

Io (per mio conto) sarò oscuro al mondo

Fino che Italia non sarà in gran lutto.

E allor mi vedran dall'Appennino

Calar come Mosè dal Sinai Monte,

E mischiarmi fra i popoli agguerriti,

E portar pace e riformar le leggi.

E chi io mi sia, lo conoscerete

Da un marchio che ne porto sulla fronte.

Dopo che la pace in voi avrò portata,

Passerò pellegrino al suolo santo

A consultar gli oracoli di Dio.

E a fin di un lustro tornerovvi appresso

A tripudiar la causa di Europa,

Quindi il giro farò di mezzo mondo.

E sui quindici lustri di mia vita

In seno a Roma morirò compianto

Da tutta Italia.

UNA PARABOLA

Vi era un Re che aveva posto a ben governare il suo regno tanti amministratori, i quali, con esattezza dovessero amministrare la Legge e la Giustizia, perchè egli volle andare a fare una gita in terra straniera. Gli amministratori della Legge da principio mandarono avanti le cose con precisione, come il Re aveva lasciato l'ordine. Ma il Re tardò a venire per molto tempo, ed allora essi deliberarono di dividersi le ricchezze del regno, dicendo che il Re era morto e più non tornava. E così mandarono avanti l'amministrazione a modo loro con discipline e leggi tutte a lor capriccio. Dopo passato molto tempo il Re volle tornare nel suo Regno, e manda gli ambasciatori ai suoi ministri, perchè mettano in punto le loro partite, poichè il Re voleva tornare. Si trovarono confusi i ministri a tale avviso, e siccome avevano defraudato la Legge, si turbarono e decisero di far morire gli Ambasciatori, affinchè non portassero indietro altre notizie. Così fecero. Vedendo il Re non tornarli, mandò un Figliolo, il quale si presentò ai ministri dicendo loro: – Io sono il Figlio del Re; ha detto mio padre che mettiate in ordine le partite del Regno, perchè vuol venire a riguardarvi l'amministrazione;– ed essi tutti sconcertati deliberarono di farlo morire e così caricandolo di mille improperii, lo misero a morte. Vedendo il Padre perduto il Figlio, manda dodici altri ambasciatori, e questi pure li misero a pezzi e li straziarono in tante guise. Il Padre vedendo questo, manda un'altro Figliuolo suo, assai più furbo degli altri. Ei venne a fidarsi coi contadini e a rimproverare la grande malignità degli amministratori, e loro getta in faccia tutti i loro delitti, ma a questo pure destinano la morte: ma questo non si ammazza, ma se anche venisse ammazzato dalla ferocia di questa gente, conviene allora farsi avanti al Padre.

Ah sì! tutto è voler di chi mi guida

Esser tra pazzi declamato il pazzo:

Ma quando il pazzo avrà ripreso senno,

I pazzi sempre ne saranno pazzi.

Chi si ride di me, ride a suo conto,

E forse un dì riconoscendo il pazzo,

Come stupiti rimarran dicendo:

Oh quanto stolto fui, quando di lui

Mi feci burla e non ne tenni in conto!

E si uniformeranno in me pentiti,

E cercheranno far la mia amicizia;

Ma allora amico non avrò che Dio.

Bene inteso però che nell'insieme

Tutti amici saranno e miei fratelli.

Questo modo di dir da me imparato

Venne, quando di Dio mi feci Messo.

Con questo mio profetico trattare

Molto vi dico e poco sono inteso;

D'ora in avanti così uso parlare.

Chi mi vorrà capir, poco capisce,

E chi poco mi capisce, molto intende.

Se con del tempo ne farete conto,

A chiare note vi sarà spiegato

Questo mio profetico parlare.

Qui lascio il punto.

SENTENZE DI SAN PIETRO AL PROFETA

1. Rinunzia al mondo e fàtti servo e campione di Dio.

2. La vita menerai da penitente ritirato dalla società degli uomini.

3. Perenni a Dio rivolgerai le tue preghiere.

4. Limitato sarai nel vitto e nel sonno.

5. Guàrdati di non far pompa di te stesso.

6. Ascolta le querele di chi geme e langue.

7. Raccogli con pietà e con amore chi a te ricorre.

8. Con voce di umiltà soccorri ed implora il ravvedimento dei traviati.

9. Vigila con occhio ripieno di carità e di giustizia sulle sentenze che or ti narro sull'andamento dei popoli.

1. Chi non presta fede alla verità rivelata, dubita dell'esistenza di Dio.

2. Sinchè gli uomini sono apprezzatori del mondo, poco apprezzano Dio.

3. Il pensar troppo alle cose terrene fa dimenticare le cose celesti.

4. Il bene del corpo è la rovina dell'anima.

5. Il lusso e il bel tempo sono la rovina dei popoli.

6. Chi non ama Dio e la patria è peggiore dei bruti.

7. Dove si teme Iddio, regna la pace.

8. I popoli irreligiosi saranno sempre miseri.

9. Il vero Monarca della terra è quello che rappresenta Iddio.

10. Le armi irreligiose sono armi misere e vane.

11. Le armi invincibili sono quelle che combattono per la causa del vero Dio e per la giustizia dei popoli.

12. Gli uomini ambiziosi e libertini sono per lo più empii e crudeli.

13. Chi brama sedizioni ed è avido del danaro, è nemico dei popoli.

14. L'uomo crudele in sè è vile.

15. Nell'uomo in cui regna la pace, regna umanità ed eroismo.

16. Colui che grida, viva la libertà dei popoli, è un traditore della patria.

17. Chiudete la bocca a quelli che gridano libertà, libertà; e trattateli da stupidi.

18. Il buon cittadino è quello che brama la pace ed onora Iddio.

19. I più bravi guerrieri della patria sono i più attaccati alla fede.

20. L'uomo infingardo e vizioso, è nocivo al suo prossimo e nemico di Dio.

21. In colui che ti promette assai speraci poco.

22. Spera assai in quello che in se stesso si stima poco.

23. Colla perseveranza e fede in Dio si ottiene ogni vittoria.

24. Chi è amante della virtù, è amante di Dio.

25. Chi ama il bel tempo, è servo del demonio.

26. Le gioie e i godimenti di questo mondo son fuoco di paglia.

27. I travagli della vita sono i tesori dell'anima.

28. La voce dei popoli è la voce di Dio.

29. La lingua dei giusti è un dardo che ferisce il cuore degli empii.

30. Colui che vive in peccato, sarà impossibile che viva tranquillo.

31. La tranquillità del corpo sta nella coscienza dell'anima.

32. La superbia è il seme d'ogni vizio.

33. L'onestà e la mansuetudine sono le grandi virtù dell'uomo.

34. Da un padre scorretto viene perfido un figlio.

35. Un perfido signore tiene spietato un suddito.

36. Una lingua bugiarda contiene un'anima viziosa.

37. Chi dice male di uno, può dire male di tutti.

38. Chi ruba un pollo, è capace di rubare un bue.

39. Guardati da colui che simula, giacchè è un vero traditore.

40. La donna ambiziosa porta seco ogni vizio.

41. Il vero sacerdote è quello che disprezza il mondo.

42. Il vero cristiano è quello che ama Dio e il suo prossimo.

43. Il vero padre è quello che vigila sui figli.

44. La buona madre sta raccolta nella famiglia.

45. Il vero figlio è quello che onora i genitori dopo Dio.

46. Il buon padrone è quello che rispetta il suo servo e paga puntualmente le mercedi.

47. Il buon servo è quello ch'è riverente e ubbidiente al suo padrone.

Stanotte tre maggio mi pareva di essere col mio buon Eremita pregando entro la Grotta qui di Monte Labaro al piè di un piccolo Altare ove è l'imagine della Madonna della Conferenza, quando vedo venire a noi un venerando vecchio vestito tutto di bianco; giunto davanti a detta Imagine s'inginocchia profondamente mettendo i ginocchi a terra, dopo un breve silenzio si alza in piedi e si rivolge a noi dicendo: – Le vostre preci davanti al trono di Dio sono tenui e fievoli suppliche che non possono placare la tanto irata giustizia divina, più fervorose siano da ora in avanti; con maggior fede e sollecitudine proseguite fra le persecuzioni e i dileggi del mondo l'opera vostra. Questo edificio si erga nell'oscurità dei pochi credenti, come l'Arca della Giustizia. Troppo osi allungarti, o uomo, nel secreto di tua Missione (a me rivolto), rammentati che altra volta ti dissi che io sarei teco, ovunque tu fossi: sono 27 mesi, giorni 27, 7 ore e 27 minuti da che io mi divisi da te sulla Santa Rupe da una natural Conferenza. Ti dico che per la grave necessità a te mi manda la mia e la tua signora a farti noto ciò che devi eseguire come ultimo sforzo della tua Missione. Vuolsi che del mistero di tua vita siano informate le maggioranze dei popoli; su di ciò a modo loro si conterranno. I segni saranno troppo bastanti a mostrargli la verità dei fatti e delle parole; nè nessuno di essi potrà dire scusandosi che non seppe, non vide, non udì.

Questi sono i noti segni che Dio comparte agli uomini. Uomo, avanzati meco al cielo aperto; qui solo lascia il tuo buon eremita, a te or farò vedere quanto è doloroso il cammino che ti resta da fare per giungere al fine della tua misteriosa vita.– Esso s'incammina per sortire della grotta ed io lo seguo dietro. Cosa maravigliosa e sorprendente, io così camminando dietro il santo vecchio, senza avvedermene, mi ritrovai in una grande valle framezzo una oscura tenebrosa e folta selva, solo e smarrito; altro non vedevo e non udivo che tenebre ed un gran rumore per l'aere dal gran vento che soffiava sì forte che dava segno d'una vicina tempesta in ispaventevole luogo. Udivo fra mezzo alla foresta una moltitudine di urli, di strilli e di latrati, sembrava che in questa selva si fossero riunite tutte le fiere dei deserti della terra e vedevo da ogni parte venir contro di me immense turbe di animali feroci e rapaci, che io in verità non vi saprei descrivere nè le forme, nè le specie, nè il numero. A questa orribile scena m'intimorii, ma non poi tanto quanto umanamente avrei dovuto temere. Venni fra me pensando che altro campo non potevo trovare in dovermi salvare da quelle feroci fiere, che ricorrere all'aiuto divino, e così venni dicendo: – Mio Dio, salvatemi dalle crudeli zanne di queste terribili ed arrabbiate fiere che a me tutte vengono incontro. Dio mio, salvatemi dalla loro ferocia, nonostante che non meriti da Voi il dono della vita ch'ora in procinto mi trovo di doverla perdere. –

Ciò detto, vidi sortire di framezzo alla selva sette grandi guerrieri armati di spada e di lancia. Essi si precipitano sopra queste terribili fiere, ora colla lancia ed or colla spada, ed erano così veloci e destri nel loro corso, che pareva avessero le ali ai piedi e alle mani. In pochi minuti queste orribili fiere furono uccise e ridotte in polvere dai loro fulminei brandi, chè nemmeno una vestigia rimase di esse in questa oscura e tenebrosa selva: e senza che a me si facessero noti questi miei celesti difensori, me li vidi sparire per la selva. Di ciò rimasi alquanto sorpreso e meravigliato al successo di questa prodigiosa scena, e fra me non sapevo come pensarla. Indegno ne resi lode a Dio; e via proseguo il mio periglioso cammino per sortir fuori di questa folta ed oscurissima selva.

Il rumor dell'aere sempre più cresceva: pareva che a me si avvicinasse la tempesta che procedeva alla lontana, il vento più impetuoso soffiava. Il cielo era coperto di dense nubi; sicchè l'apparato era così terribile che altro io non andavo aspettando che una improvvisa e divoratrice tempesta. Contuttociò fiducente in Dio senza alcun timore proseguo il mio cammino per questa tenebrosa selva, e di quando in quando mi trovavo sperso e intricato fra pruni, roveri e boscaglie, chè dubitavo di non più doverne sortire. A un tratto mi armavo di fede e di coraggio, e ogni sforzo ogni ingegno adoperavo, chè finalmente mi trovavo libero e franco nel mio intrapreso cammino.

Prendo la salita di un colle, poi scendo al basso in un'altra più oscura valle di quella dove avevo trovato le già dette fiere. Qui lo stupore, la paura e lo spavento mi assalì all'estremo in vedere questa oscura valle ricoperta aggremita di piccoli e grossi serpenti che contro a me tutti venivano facendo un sibilìo d' inferno. Io a così orribile vista rimasi atterrito e vinto in tal modo che altro scampo non credei trovare che quello di raccomandarmi altra volta a Dio dicendo: – Dio mio, così mi ritrovo, per le mie malvagità. Voi mi avete salvato dalle crudeli zanne delle rapaci fiere, ora mi divoreranno questi velenosi e maligni serpenti; Dio mio, salvate l'anima mia. – E così dicendo mi copersi il capo con un mantello che avevo, e per non vedere lo spettacolo di me stesso mi gettai per terra, dandomi preda di questi arrabbiati e velenosi serpenti, che da ogni parte a me venivano contro. Appena che io mi fui gettato per terra, odo una voce che mi dice: – Alzati uomo dal tuo avvilimento e noi riconosci che qui siamo venuti in tua difesa a cavarti da questa oscurissima selva e liberarti dal pericolo in cui ti trovi di essere divorato da questi serpenti. –

All'udir questa voce subito mi alzai da terra e mi riebbi del mio avvilimento, mi scopersi il capo: che vedo? Altro prodigio: i sette gran personaggi che mi erano apparsi altra volta in sogno nella grotta di Sabina descritto nella prima lettera ai Romani; unitamente ad essi vi era il venerando vecchio che mi era scomparso uscendo dalla Grotta come avete inteso. Esso era montato su di una gran mula candida come neve parimente i sette gran personaggi erano montati ciascheduno in cavalli candidi e grandi e ben fatti, ugualmente alla mula. Tre di questi gran personaggi menavano un cavallo, ciascheduno di essi per mano, fuori di quello che cavalcavano, bardati in tutto da potersi cavalcare, ed erano detti cavalli uno rosso, uno nero ed uno bianco. Facendosi avanti a me quello che conduceva il cavallo rosso, il venerando vecchio mi prese a dire: – Uomo, monta su cotesto cavallo, (io subito vi montai colla velocità di un baleno) tieni questa verga per virtù della quale ti libererai dalle morsicature di questi velenosi serpenti e d'altri animali feroci e rapaci che a te e a noi vengono contro frapponendosi ai nostri passi, insidiandoci la vita. Uomo, segui le nostre orme e non ti dilungare da noi un sol passo; altrimenti questa verga perderebbe la sua virtù e verresti divorato da questi velenosi e maligni serpenti, o d'altri animali feroci e rapaci che troveremo lungo il nostro cammino. – Sì dicendo, il vecchio in mezzo ai sette gran personaggi ed io dietro, proseguiamo il cammino per la folta boscaglia, aprendosi essi il passo colle loro spade, tagliando ed atterrando al suolo tutto ciò che dava ostacolo al loro cammino, ed in pari tempo dove essi passavano, i serpenti rimanevano calpestati e franti dalle zampe dei nostri cavalli, e uccisi e messi in pezzi dalle ultrici spade. Camminato che ebbimo un lungo tratto per la folta e tenebrosa selva dei serpenti, il mio cavallo cominciava a rimanere dal suo corso, e me lo sentivo mancare sotto a poco a poco, perchè in gran copia il sangue perdeva da tutte quattro le gambe per le tante morsicature di quelli arrabbiati e avvelenati serpenti. A un tratto me lo vedo morir sotto con un gran disturbo, spavento e timore della vita, perchè contro di me pareva venissero quei maligni velenosi e feroci serpenti. Vedendomi così morto il cavallo, subito gridai: – Mio Dio, aiutatemi, io son perduto, il mio cavallo è morto. –

Il venerando vecchio si rivolse a me dicendo: – Uomo, temi tu forse al nostro fianco e dubiti della virtù della verga che ti ho donato? Qual dubbio, qual viltà ti tiene? Ti dico, o uomo, più valore sia in te, più fede d'ora in avanti; il dubbio, il timore sia lungi dal tuo cuore. Altra volta tel dissi, ultimo avviso sia questo. – Ciò detto, subito accorse a me colui che teneva il cavallo nero, e senza arrestarmi di un sol passo, vi montai sopra, e via proseguimmo il nostro cammino fra il sibilìo dei serpenti, il rumore della vicina tempesta, e lo imperversar dei venti che soffiavano impetuosi per l'aere, che rivolgendosi a terra sembrava che volessero schiantare o subissare tutta la selva per cui noi camminavamo. Giunti che siamo quasi al fine dell'oscura e tenebrosa valle dei serpenti che incominciavano a uscir fuori dal bosco, altra volta il mio cavallo me lo vidi arrestare nel suo corso, ed era tutto grondante di sangue in maggior copia dell'altro, perchè non solo gli usciva dalle gambe, ma da diverse parti della vita, dal petto e dalla testa, perchè più in moltitudine e più grossi e feroci avevamo trovati i serpenti nel finir dell'oscura e tenebrosa valle. Altra volta mi vidi morire improvvisamente il cavallo sotto. Io non mi intimorii, come l'altra volta, ma subito al venerando vecchio gridai: – Il mio cavallo è morto.– Il vecchio mi rispose: – Tieni viva la fede. – Ciò detto, fu subito a me l'altro personaggio che conduceva il cavallo bianco; vi montai sopra, senza restare d'un solo passo, e in breve giungemmo fuori dell'oscurissima valle dei serpenti e ci trovammo alle falde d'un altissimo e maestoso monte, in cima del quale era una bellissima e sontuosa Piramide. Noi salendo per le falde di detto monte, ove si vedeva dalle basse pianure avanzarsi a noi la tempesta, avevamo il rumor del tuono, il forte soffiar dei venti, il balenío, del folgore, lo strillo ed il sibilo che facevano immense turbe di uccelli che volando dalle basse pianure tiravano a scansare la precedente tempesta venendo alla volta di detto monte, dove noi con gran velocità sui nostri candidi destrieri venivamo salendo. Io vedendo ed udendo da ogni parte un apparato così terribile, che da per tutto ove io volgevo lo sguardo, pareva che a fuoco andasse sottosopra questa oscurissima selva, io in verità fra di me dubitai che questa fosse la fine del mondo. Il venerando vecchio voltandosi alla pianura e riguardando le innumerevoli schiere di volatili che verso di noi con gran furore venivano, esso battendosi la palma della mano destra tre volte nella fronte, così venne dicendo:

– Misera umanità, due terzi estinta! dei rossi uno resterà fra i dieci. Dei neri di dieci ne resteranno tre. Dei bianchi, sei resteranno di dieci. Misera umanità! Dei rossi uno per ogni cento si salverà. Dei neri dieci si salveranno per ogni cento. Dei bianchi uno per cento perderanno il cielo. Misera umanità! Dei grandi ogni dieci due resteranno. Dei candidati tre resteranno per ogni dieci, e dei comuni resteranno per ogni dieci cinque.–

Così dicendo rivoltosi alla cima del monte tirò tre grossissimi sospiri e borbottando a voce bassa disse queste parole

– Le malvagità commesse sulla terra costano care al cielo: l'abuso di pochi è una corruzione in genere. I figli della menzogna e dell'adulazione saranno tolti dal mondo. Oh miseri! troppo, sì troppo il loro cuore è indurito alla carità e pietà cristiana, ma severa e terribile sarà per loro la mia giustizia. Io non ho perduto il mio poter su di essi, lo vedranno i superbi, sì lo vedranno.

Io che attentamente ascoltavo queste lugubri parole, vidi che sì dicendo gli cadevano alquante lagrime dagli occhi. Uno dei gran personaggi gli dimandò: – Mio rege, hai tu pietà di coloro che pietà non hanno? – A questo si rivolse dicendo: – No; vedi qual terribile apparato a lor si appresta? Di lor non gemo, sol di altri pur gemo che con essi periranno, e periranno per sempre: di questo io gemo. – A questo dire si turbarono i gran personaggi e l'uno più non parlò; io pure sentii un certo dolore interno, che tuttora sento.

Tiriamo alla volta del monte: ecco sopra di noi le turbe dei volatili, una parte di essi si fogano, stridendo a noi così impetuosi, con più rabbia e ferocia delle fiere e dei serpenti, ma essi ci stavano un poco alla lontana, perchè coi loro brandi si difendevano i gran personaggi, e al venerando vecchio e a me non si accostarono in virtù della verga che esso mi aveva donato.

Cosa sorprendente, meravigliosa e terribile era il veder tutti questi volatili far guerra fra di loro, divisi in tre partiti gli uni dagli altri. Quelli che avevano il capo rosso davano contro a quelli che avevano il capo bianco; essi benchè in minor numero vincevano i rossi: questi perdendo dai bianchi conducevano contro quelli che avevano il capo nero, e così fra i rossi e i neri nasceva un'accanita e sanguinosa guerra, che più di mezzi si vedevano cader morti sul suolo. Accorrevano i bianchi a questo terribile combattimento, e in un momento si vedevano di nuovo divisi fra loro, ma di nuovo i rossi andavano contro i bianchi, sicchè questo modo di micidiali combattimenti lo vidi replicare più e più volte fra quelli innumerevoli volatili e divisi in tre partiti fra loro in grossissime ciurme che volando per l'aria annebbiavano tutto il suolo della terra per dove passavano, e lasciavano ingombra la medesima di ammassati cadaveri che di essi così combattendosi cadevano a terra morendo.

Noi camminavamo alla volta della cima del monte dov'era la maestosa Piramide, in cima della quale v'era una certa insegna che recava spavento e terrore ai rossi e ai neri, ed in pari tempo incoraggiava ed animava i bianchi. I rossi ed i neri spaventati alla vista di detta insegna, si precipitavano stridendo e dibattendo le ali a noi si fogavano col rostro e cogli artigli, che alcune volte ci trattenevano il passo, e allora i bianchi venivano contro in nostra difesa e ci rendevano libero il passo e così principiava un accanito combattimento fra loro, e la vittoria era sempre dei bianchi, conciosiacchè fossero di due terzi meno in confronto dei rossi e dei neri.

Viemaggiormente fra questo strano combattimento cresce il vento, e la tempesta era quasi sopra di noi. Raddoppia il rumor del tuono, il cielo si copre di dense nubi, comincia a cader la pioggia; sicchè tutto era spavento, tutto era terrore, apparato di morte.

Quasi eravamo giunti alla cima del monte dov'era la sontuosa Piramide: la pioggia si converte in un turbine di grandine, anzi pezzi di ghiaccio grossi più o meno come la breccia dei fiumi. I volatili rossi e neri incalzati al tergo dal turbine di così fiera e micidiale tempesta si precipitano alla volta della cima del monte (dove la pioggia non procedeva nè poco, nè punto) ma appena che vedevano ad una certa distanza la inalberata insegna ch'era sopra a detta Piramide, rimanevano spaventati in modo che retrocedevano pieni di confusione e d'ira, sì precipitavano su di noi, e come disperati si davano in preda alla tempesta, al foro, alla morte. Sicchè appena siamo giunti nel recinto della cima del monte, il mio cavallo, come gli altri due, me lo vidi morir sotto, tutto percosso nella testa e al davanti nel petto, dalle tante pizzicature, graffiature velenose e feroci di questi fuggitivi e furibondi volatili.

Io nulla ebbi da temere, conciosiacchè fossi rimasto a piedi, perchè ormai ero fuori d'ogni pericolo dalla ferocia dei volatili e dal furore della tempesta. Il venerando vecchio ed i sette gran personaggi si volsero a me dicendomi: – Uomo, non temere, chè abbiamo vinto. La vittoria è nostra, conciossiacchè molto sangue ne costi. –

Il vecchio prosegue dicendo: – Sì, molto sangue è costata la vittoria dei bianchi. Il cielo così placherà l'ira sua sul mondo. È d'uopo far così: questa delle tue vittorie è una piccola parte. I segni saranno esecuzioni, avvertimenti non solo a te, ma all'universo intero. – Ciò detto, come un'ombra si diparte fra mezzo ai sette gran personaggi, e va sulla cima della Piramide, sempre stante a cavallo sulla candida mula. Io ammirai questo prodigio, pieno di meraviglia e di stupore.

In sull'istante cessa il turbine e la tempesta: torna l'aere sereno placido e tranquillo: vedo che quei pochi di volatili rossi e neri restati semivivi dopo passato il turbine e la tempesta, gli andavano sopra i bianchi e con il loro rostro a guisa di forbici taglienti, gli radevano le penne dalle ali e dalla coda, acciò non si potessero più sollevare da terra, staccando altro volo per non più andarli contro, e così i rossi ed i neri rimasero prigionieri e vinti dai bianchi.

Il venerando vecchio dall'alto della sontuosa Piramide muove una sonora ed imponente voce dicendo: – Principi delle sante milizie, andate sulla faccia della terra; battetevi per la divina giustizia; contro di voi invano rugghiano le fiere del deserto; i serpenti più velenosi maligni e feroci invano sibilano contro di voi. I volatili più rapaci e crudeli invano aguzzano il loro rostro e i loro artigli. Niun mostro, dico, nessuna insidia ed inganno, o forza umana potrà prevalere alla vostra possanza.–

Così dicendo il venerando vecchio si vide trasportato in aria al disopra della Piramide (ugualmente alla sua mula) su di una grossa nube tutta risplendente come i raggi del sole.

A questo prodigio muta la scena. I sette gran personaggi li vidi alla testa di sì grandi eserciti armati a piedi e a cavallo, ed ognuno di essi aveva schierato il suo campo in sette amene valli che si dividevano fra la pendice di diverse colline di questo montuoso monte. Al piè di detta Piramide vi erano altri sette grandi personaggi armati di spada e di lancia, in ugual modo dei sette guerrieri che avevano ucciso ed impolverito le innumerevoli fiere della oscurissima selva. Detta Piramide era costruita in tre ordini di gradinate che formano come tre recinti di mura, chè uno era sollevato di un terzo dall'altro dalla sua totale altezza. In queste gradinate vi si vedevano intorno come in balaustrati tanti piissimi sommi e santi sacerdoti del primo, secondo e terzo ordine francescano. In cima di detta Piramide come in altro balaustrato vi si vedevano tre venerandi personaggi vestiti uno differente dall'altro. Quello che stava in mezzo ai due era vestito di una lunga cappa color di cenere e sugli omeri portava una clamide color celeste, e dalla mano destra portava il pastorale, nella cima del quale vi era una Colomba che teneva nel rostro due rami di olivo. L'altro personaggio che a questo stava alla destra, era vestito di porpora, tenendo uno scettro dalla mano destra. Il terzo ch'era dalla sinistra, era vestito di un modo così straordinario, quasi simile ai sette guerrieri che stavano al piè della Piramide. Le sue divise erano di diverso colore, come esso diverso era nell'aspetto guerriero ed energico dagli altri due gran personaggi, e dalla destra mano teneva una verga simile a quella che a me aveva donato il venerando vecchio.

Fra tutto questo mutamento di cose non sapevo riconoscere in me se ero quello che sono, o quello che a me sembrava di essere: comunque fosse, per me tutto era prodigio e nulla dubitavo di essere ingannato da altre imaginazioni, senonchè reale e naturale successo di quello che più volte ho annunziato in altri miei scritti.

Vedo per la seconda volta il venerando vecchio sospeso per l'aere entro la risplendente nube, ma sopra d'ogni altro avevo ardente desiderio di sapere se nella verga che egli mi aveva donato si conservasse sempre la virtù di rendere invulnerabile la mia persona da ogni qualunque colpo o insidia mortale. Grande era il mio desiderio su ciò, ma Egli al mio pensier si avanza dicendo: – La tua verga sarà sagrata al sangue tuo. La vita di molti costerà. Le turbe al solo alzarla tremeranno e al poter suo si renderanno vinte. Ma pensa che ad altri potrei passarla in dono. –

Sì dicendo, spiegò al vento una piccola bandiera di color giallo, in essa si vedeva dipinta l'imagine di Gesù profeta, di Maria Vergine, con una croce in mezzo di essi, ed in mezzo alla croce vi era una Colomba simile a quella del pastorale del detto personaggio, e vi erano pure diverse cifre scritte all'intorno del campo giallo di detta bandiera. Voltandosi il venerando vecchio alle schierate milizie, venne dicendo: – Eccovi, figli della fede, campioni di Cristo; questa è la prodigiosa insegna, con la quale riunirete tutti i popoli della terra ad una sola fede. Chi militerà sotto di essa sarà benedetto in eterno. –

Detto ciò, cala alquanto dalla sua nube al disopra della Piramide e consegna questa piccola bandiera all'uomo venerando che teneva in mano il pastorale. Poi elevandosi per l'aere (unitamente alla sua candida mula) entro la risplendente nube, in un momento si sollevò ad una grande altezza, che male appena la vedevo cogli occhi, e così sparendo lasciava l'aere nuvoloso e denso. E ad un tratto al disopra della Piramide scoppiano sette grandi folgori, uno dei medesimi mi sembrò che mi colpisse nella testa rovesciandomi come morto a terra. Nell'atto mi desto; e mi trovai essere fuori dal posto ove io dormivo, ed il rumore della testa non mi è ancora passato. Forse dipenderà dalla prevenzione della percussione improvvisa di dette folgori. Quest'effetto non saprei come si producesse in me, se non che per la viva immaginazione del sogno. In altro modo io non saprei come pensarla. Ai moralisti lascio di studiare su ciò, se sotto tali fenomeni di un ordine morale e sopranaturale esistano o no tali cose. Io solo, vi dico (come altre volte ho ridetto) che per me tutto è mistero, tutto è opra della mano divina che col pennello del sogno e della visione vuol dipingere agli uomini l'orribile quadro della inesorabile sua irata giustizia.

Questo misterioso sogno di più mi ha portato alla memoria altri sei sogni, fatti in diverse epoche nella mia vita giovanile fino ad oggi, e tutti contengono, secondo il mio poco conoscere, il medesimo mistero, ed abbracciano su per giù la medesima sostanza: pure di questi voglio fare una descrizione a tempo debito per poi farne un confronto, se questi sette sogni sono un tessuto, o no, della mia vita passata presente e futura, col contenuto di tutto l'avvenire delle vicende umane.

Le epoche di detti sogni sono. Il primo lo feci il 1848, il 3 di maggio, lungo la riva di un piccolo fiume, detto Trisubbie, nel territorio del Comune di Scansano, dormendo sotto una quercia. Il secondo lo feci il 15 agosto 1855 sulla montagna di Montebono, territorio del Comune di Sarano, di giorno, dormendo sotto di un faggio. Il terzo lo feci il 23 luglio 1862, in un'amena collina sul Monte Labaro, sotto uno spino (di giorno, ove è la mia dimora). Il quarto lo feci il 7 febbraio del 1869, nell'isola di Montecristo. Il quinto lo feci il 23 luglio 1870, dentro la vôlta della torre che or vengo costruendo qui sul Monte Labaro. Il sesto lo feci il 4 aprile 1871 a Roma. Del settimo vi ho fatta alla meglio la narrativa, ed a voi la trasmetto, miei buoni fratelli Italiani, perchè così devo per comando espresso della mia missione. Ora a voi tocca lo studiarvi sopra ed apprezzarne il contenuto, il quale è molto utile alla salvezza dell'anima e della vita.

A voi tutti mi umilio, miei fratelli Italiani, segnandomi vostro fratello in Cristo, peccatore indegnissimo.

LETTERA ANONIMA

DI PROFETICI AVVENIMENTI

Miei amatissimi fratelli in Cristo, conciosiacosachè me ne viva ritirato da voi, dalla mia solitaria, aspra e montuosa dimora, io non ignoro le tante miserie che vi opprimono e che quasi vi hanno ridotto ad un disperato furore; per cui a voi per ispirazione divina invio questa mia lunghissima lettera, onde evitare per quanto sia possibile, la malafede che di giorno in giorno vie maggiormente cresce fra i popoli.

A me fa pietà tanta povera gente, per cui mi frappongo a tanto male con questi miei avvertimenti, onde far riflettere seriamente ai mali che sono per avvenire sopra di noi a motivo dei tanti peccati che hanno provocato Iddio a prevalersi della sua terribile giustizia.

Per carità, fratelli, date ascolto alla mia parola e non vogliate darvi in preda a voi stessi arbitri della passione e del furore che vi potrebbe trascinare a commettere ogni e qualunque delitto. A Dio solo spetta il giudizio delle nostre colpe e il provvedere alle nostre miserie. Sopportiamo con pazienza il giogo dell'oppressione e della miseria, che a suo tempo Iddio ci provvederà, e quando meno aspettiamo.

Io conosco troppo bene, miei cari, il mal ordinato desiderio dei rivoltosi, e dei popoli malamente trattati dai loro governi, come pure conosco la miseria dei governi pessimamente corrisposti dai popoli. Insomma, miei cari, il male è generale, e l'origine primitiva di sì tanto male è germinata più che mai dal maledettissimo spirito di egoismo e di avarizia, e gli egoisti e gli avari son gente che vivono a carico della società, e per questi non vi è onore, non vi è carità, non vi è giustizia, solo si occupano al comodo e all'amore di sè medesimi. Chiaro si vede nel loro modo di vivere che non credono a Dio, perchè non osservano i di lui precetti, non credono all'anima perchè non pensano che alla felicità del corpo: non hanno religione, perchè il loro Dio è se stessi; non hanno fede e non credono all'Immortalità; perchè solo s'intendono della materia, la quale solo amano ed adorano.

Gli egoisti e gli avari sono tanto nocivi alla società, quanto è nocivo nel buon grano il loglio per cui con spirito di carità, ma con severa giustizia bisogna necessariamente fare una scelta di questa pessima gente e gettarla da parte ma questa scelta conviene farla a Dio; e troppo bene si conosce essere necessaria una Riforma in tutti i costumi degli uomini, ma maggiormente, come avete inteso, nello spirito di egoismo e di avarizia. Ci è pure un altro male non minore del primo, che porta immenso danno alle famiglie, fra i popoli, fra le nazioni, e questo è il mostro terribile dell'invidia e della superbia. Dio mio, quanto è terribile questo mostro d'inferno! La storia ce lo addita dei tempi passati e dei tempi recenti.

Io ho creduto d'inviare a voi, miei fratelli in Cristo, questa mia lettera, onde far noto a questa povera gente (dico povera gente perchè mancante di tutte le virtù morali e civili) che non è lungi il dì d'una grande rivolta fra i popoli. Allora un grido di disperato furore si udrà: «Sangue, sangue, sangue a chi ha succhiato il sangue». I momenti, miei cari, saranno terribili, vedrete le falangi dei popoli aguerriti inoltrarsi nelle ville, paesi e città, e come un divorante incendio tutto distruggeranno e ridurranno in cenere i più sontuosi edifizii di questo mondo. Voi allora che farete, o egoisti, o avari, o invidiosi, o superbi, o oppressori, o assassini dei popoli? V'inoltrerete forse fra la mischia mostrandovi per quello che non siete? Vi gioverà? Vi ascolteranno forse? No, fratelli, in verità non sarete in tempo; anzi vi dirò che quei che poco prima erano a voi soggetti come timidi agnelli, vi verranno incontro così furenti, avidi del vostro sangue come leoni feroci e rapaci, e vi uccideranno senza pietà, come voi non l'aveste di loro, allorchè da voi venivano oppressi.

Pensateci bene, miei cari; la condizione di queste classi è misera. Male avverrà per tutti, è vero, ma per questi avverrà tanto male che io fremo, inorridisco in pensarci. Dice lo spirito del Signore: «Io punirò gli empii per man degli empii».

Fratelli, non date retta ai tristi, se vi volessero indurre a partite di ribellione, di sommossa qualunque. Statevene al vostro posto e non desiderate che sia versato il sangue del vostro fratello, se non volete che del vostro si versi. No, non vi muova lo spirito di vendetta contro di chicchessia che a voi avesse fatto del male. Rammentatevi che la vendetta spetta solo a Dio; e poi comunque forse, la vendetta non è la giustificazione delle proprie offese, ma è barbarismo. Il perdono solo è quello che giustifica le proprie offese e porta pace e concordia. L'eroismo non consiste nell'essere barbari contro i barbari, ma verso i barbari stessi essere clementi.

Oggi che il mondo è civile, non solo si grida vendetta, sangue e morte ai tiranni, ma morte ai Papi, ai ministri di Dio, ai Re, ai suoi reggenti, e rappresentanti di essi. Ah miseri! essi non sanno quello che dicono e nè quello che fanno. Si medica forse col sangue altra ferita che versa sangue? Col sacrificio di una vita si rimedia forse ad un'altra vita? No, miei cari; Iddio solo ha diritto versare sangue e toglierci la vita, che a Lui solo appartiene: altri non può senza offendere mortalmente la sua divina giustizia.

Fra le tante miserie che vi sono fra i popoli traviati e corrotti, una delle maggiori è il barbarismo del civile progresso del secolo. Esso di primo slancio si è dichiarato nemico mortale della Religione del Cristo, ed ha rinnegato affatto la fede degli avi suoi, e come un matto furioso s'indigna con insulti e minacce contro il suo medico, che amoroso e paziente si affatica a guarirlo da sì orribile e crudel malattia.

Così son tutti gl'infelici e i disgraziati figli del civile progresso, caduti nel delirio delle loro sfrenate passioni, e nulla di ben si può fare, anche volendo, a questi miseri, perchè infuriano contro chiunque osasse riprenderli e richiamarli alla ragione dei loro traviamenti. Mio Dio, come rimediare a tanto male?

La Chiesa che è l'amorosa madre di tutti i fedeli, che con imparziale amore ama tutti i suoi figli, pietosa accoglie in suo seno tutti quelli che a lei si umiliano, di qualunque rito, di qualunque nazione dei miseri figli discendenti di Adamo, e li benedice a nome del Padre, del Figlio e dello Spirito santo, e con assoluto perdono rimette la colpa e coll'emenda li invita alla gloria dei giusti nel suo celeste regno, e pietosa coi lumi della fede ci addita la strada del bene dell'anima e della vita, mostrandoci i tesori delle sue grazie con l'insegnamento della dottrina del Cristo. In essa si conoscono tutte le verità, e vi si attinge la sapienza di tutte le cose, e vi si apprendono le pratiche di umiltà, di amore, di carità e di giustizia. E tutto questo di fronte al secolo del progresso è delitto. Dio mio, abbiate pietà della loro stoltezza; dissipate le tenebre, nelle quali sono caduti, e mostrate loro i lumi del vero coll'efficacia della vostra infinita misericordia, che avete sempre usata per i miseri peccatori.

Quanti, oh! quanti di questi disgraziati figli della corruzione si sono distaccati dal seno della Chiesa protestandosi contro di essa, dicendo che il civile progresso è culto libero, e che il culto altro non dev'essere che il civile educamento.

Io non voglio, no, miei cari, entrare a trattarvi di sì dolorose vicende di questo iniquo e scellerato progresso del secolo. Solo mi urge il farvi intendere che i giorni passano e le ore si avvicinano d'una spaventevole rivoluzione fra i popoli, che in tutte le cose muterà la faccia al mondo: allora guai a noi se avremo reati presso Iddio e presso gli uomini. Saremo colpiti improvvisamente, quanto meno ce lo aspettiamo, dalla irata giustizia divina: allora non gioveranno scuse, non gioveranno pentimenti, periremo e forse periremo in eterno.

Fratelli, rammentiamoci delle tante volte che Iddio ha punito i popoli con simili ed altri castighi, annunziati, come io li annunzio a voi, per bocca degli uomini. Ebbero di che lagnarsi della sua misericordia, allorchè perirono nel furore del suo sdegno? No, miei cari, non ebbero di che lagnarsi; da pentirsi, ma tardi.

Oh per pietà! fratelli, non voglia essere tale di noi; prepariamoci per tempo a questo imminente castigo: facciamo come i Niniviti all'avviso di Giona, che allora vi assicuro che non avremo da pentirci. No, non date retta a quelli spiriti forti, ma in sè stessi vili e miserabili, perché privi del lume della fede, che vi dicono che sono chimere questi avvertimenti; rispondete loro che chimere sono i loro delirii. L'esempio della storia de' tempi ci fa veder troppo chiaro che io vi parlo il vero, e che essi mentono così dicendovi. Non date retta a chi v'insinua al male, altrimenti male vi troverete. Mirate là fra la moltitudine dei popoli i facinorosi e seduttori politici che aspettano il cenno della rivolta per dissetar l'infernal sete che hanno di sangue umano. Ah miseri e disgraziati che sono! Essi non sanno che saranno le prime vittime immolate all'ara del liberalismo e del civile progresso del secolo?

I brandi sono già affilati per recider le più sublimi ed alte teste che baldanzose si ergono fra la mischia dei popoli. Quei che si credono sicuri, perchè potenti e forti, saranno i primi a cadere nella polvere involti nel proprio sangue, ed insepolti taluni saranno divorati dai cani e dalle fiere, e squartati in pezzi dal furor delle turbe, come per tirannico spregio per le loro barbare e temerarie vendette. Quelli che avranno ammassato ed accumulato ricchezze sopra l'oppressione dei popoli, avendoli gettati in sì estrema calamità, saranno èsca al fuoco divoratore della guerra e della rivoluzione. Coloro che di armi si muniscono per difendersi ed uccidere i loro nemici, si troveranno vinti inaspettatamente, e colle armi in pugno e senza colpo ferire rimarranno immobili al loro posto come pietra, e quelle loro stesse armi tolteli di mano dai loro sudditi, faranno l'ufficio della scimitarra dei due superbi giganti Golia ed Oloferne, e saranno il trofeo delle loro vittorie.

Tutte queste orribili vicende tenetele per certe, miei cari, che fra poco avverranno, e vi prevengo che nessuno di voi confidi nelle proprie forze e voi ed io rammentiamoci che siamo un nulla avanti a Dio, per cui in Dio solo dobbiamo riporre tutta la nostra fiducia, che Egli ci sarà scudo e difesa nella calamità, nel castigo e nel periglio.

Miei cari, voi vedete molto bene che il male dell'ordine morale e civile è giunto all'estremo, e per porvi un rimedio non ci vuole che un miracolo della onnipotenza divina. Solo essa ci può sottrarre da sì tanta miseria. E allora, mi direte voi, come avverrà così tanto miracolo? Avverrà in tal modo. Iddio manderà a noi un celeste liberatore, il quale vedremo improvviso comparire mischiandosi fra la ribellione dei popoli, tenente in mano una verga, ed una gemma nel dito medio della sinistra mano, ed in virtù di questi doni, donatigli da Cristo stesso, opererà miracoli e meraviglie da far stupire il mondo, e coll'eloquenza della sua divina parola spariranno i nemici di Dio davanti a lui come fumo al vento. La di lui verga sarà la spada di fuoco maneggiata dall'irata mano divina e lo scettro col quale saranno governati nella nuova legge tutti i popoli della terra. La gemma è la pietra della nuova alleanza della Chiesa con Cristo, e siccome la Chiesa è la vera Sposa di Cristo, così, l'uomo sposa Cristo e la Chiesa per la divina virtù di questa gemma, per cui la Chiesa sarà tutto un corpo collo stato civile e morale dell'uomo.

Intendete bene, o fratelli, questo mio misterioso e profetico linguaggio. La verga è il simbolo della Riforma dello Stato politico, e la gemma è la pietra angolare di una nuova Religione, la quale riformerà la Chiesa stessa, e distruggerà tutte le altre religioni degli uomini, e questa unica rimarrà sul mondo fino alla consumazione dei secoli. Tutto questo mutamento di cose porterà fra noi questo celeste Liberatore. Di più vi avverto che verrà improvviso come ho ridetto, a precipitarsi sugli empii, come l'Angelo sterminatore di Egitto, che in una sola notte farà tante stragi che il sangue si vedrà correre a rivi nelle pubbliche strade, dalla tanta gente che per ordine suo e fra se stessi si uccideranno.

Fratelli, non vogliate disprezzare questi miei avvertimenti, se non volete che il disprezzo cada sopra di voi. I giorni camminano e le ore si avvicinano, come vi ho detto: pensiamo che la mano di Dio più tarda a punire e più è pesante se vedeste allungare il tempo, e non vedendosi l'accennato castigo, non dite come altre volte avete detto: non è vero il vaticinio, è invenzione d'uomo, sono spauracchi che ci dànno a credere per tenerci in timore e null'altro. No, miei cari, non dite così: siate certi che il castigo è inevitabile, e tutte queste cose che vi ho annunziate, devono avvenire dentro il corso di anni 19 da che il nostro immortal Pio IX spirò i 25 anni del suo Pontificato. Questa è la data precisa del nuovo riordinamento di tutto il mondo; ma bene inteso che il castigo potrebbe avvenire oggi come domani.

Vi sia pur questo di avvertimento. Dovete sapere che il trionfo dei popoli e della Chiesa deve avvenire colla distruzione totale dei nemici della patria e della fede. Di più per darvi un'idea quali possono essere davanti agli occhi di Dio i suddetti nemici della patria e della fede, vi aggiungo i sette guai seguenti, onde vi regoliate in voi stessi sui terribili disegni di Dio. 1. Guai ai superbi di spirito. 2. Guai ai rinnegati alla fede. 3. Guai a chi ha il cuore finto e maligno. 4. Guai agli oppressori dei popoli. 5. Guai ai libertini. 6. Guai ai cabalisti ed abusatori delle cose sacre. 7. Guai agli oppressori dell'innocenza.

Miei cari, comprenderete bene che in questi sette guai è designata tutta la classe dei peccatori che Iddio ha deliberato estirpare fino ad uno fra il numero dei viventi.

Dice lo spirito del Signore: Allorchè verrò nel furore del mio sdegno, sarò clemente e benigno per quelli che avranno peccato per semplicità e fragilità; ma severo e terribile per coloro che avranno peccato per malizia e cattività di cuore.

Tutto questo vi prevengo, miei cari, non per mia arbitra volontà, ma per volere e comando di Dio. Dunque vogliate per amore di esso far conto di questi miei celesti e santi avvertimenti, se desiderate il bene e la salute dell'anima vostra, e il salvamento della vita da sì terribile e imminente castigo. Vi saluto nel nome del Signore, augurandovi pace, salute e felicità eterna. Sempre sia fatta la volontà di Dio in cielo, in terra e in ogni luogo.

1. Signore, i martirii che il mio cuore sopporta a causa della mia misera posizione sono sì grandi, che io sono diventato al punto di rassomigliare ad un albero posto sopra un'alta montagna, esposto a tutti i venti,e alle tempeste degli uragani devastatori.

2. No, Signore, non mi avvilisco e non mi dilungo dalla strada che mi avete indicata; benchè veda davanti a me un mondo di fuoco, io sono disposto ad entrarvi senza timore di essere bruciato, perchè mi avete detto che servendovi niun male mi potrebbe nuocere.

3. Voi mi avete detto anche, o Signore, che servendovi fedelmente, ed obbediente ai vostri ordini, ogni avvenimento pericoloso che incontrerò si cambierà in una felice fortuna. Che ho dunque a temere, mio Dio, mentre mi avete promesso tutto ciò?

4. No, no, Signore, nessun uomo di questo mondo potrà impedirmi di seguire la strada che mi avete indicato per le mie conquiste alla gloria vostra: mai, mai mi arresterò nella strada presa, fino a che mi diciate: fèrmati, non andare più oltre.

5. E se qualche potente della terra mi dicesse: – Alto là, pellegrino straniero, non seguire le tue intraprese, noi ti proibiamo di andare più oltre; – io risponderei loro: – Chi siete voi che osate proibirmi di andare dove il mio Dio mi chiama? – Io non lo temerei, e andrei avanti senza nulla temere.

6. No, io non temerei nulla, Signore, perchè vi chiamerei in mia difesa; poi sfiderei chi volesse opporsi a me, sicuro di vincere in un colpo d'occhio. Nessuna forza umana potrà resistere alla mia intrapresa, perchè voi sarete con me colla vostra potenza infinita.

7. No, no, Signore, nessuno potrà impedirmi d'andare da per tutto ove mi chiamate pel vostro servizio. Anche mi mandaste in un deserto popolato di bestie feroci crudeli e rapaci, io vi andrei senza temere la loro ferocia.

8. No, non vi sarà in questo mondo alcun sito, se voi mi ci chiamate, dove io non oserò adempiere la mia intrapresa. Sì, sì, io andrò da per tutto dove mi volete, o mio Dio; io sono diventato per voi uguale ad un cane fedele al suo padrone, sempre pronto ad ogni più piccolo cenno, non vedendo alcun ostacolo.

9. Signore, nella mia miseria mi avete reso atto a fare tutto ciò che vi piacerà; servitevi di me come un semplice strumento; datemi voi le abitudini, adattatemi secondo il bisogno, il caso e le circostanze; io sono vostro schiavo, voi avete sopra di me il diritto e il potere di disporre di me come vi aggrada.

10. Se per voi sono un miserabile riscattato dalla Morte alla vita, io non posso opporre a ciò che voi disponete sulla mia nullità, poichè non ha più sicuro diritto di dire: voglio... e non potrei dirlo, quand'anche lo volessi.

11. Voi mi avete fatto conoscere lo stipite della mia famiglia, che data da più secoli; essa possiede molti trofei delle sue numerose vittorie. Io vedo ora il suo sangue disceso dal trono nella polvere, e i discendenti di questa progenie mendicare la loro vita. Dio mio, non è anche questo un martirio crudele al mio cuore?

12. Ma come non dovrei, mio Dio, sopportare in questo mondo pene strazianti, mentre m'avete palesato che da per tutto incontrerò la miseria, la tribolazione, il martirio? Voi mi avete intrecciato, e messa sul capo una corona di spine acutissime.

13. Signore, voi mi vedete: il mio cuore è diventato una fornace d'amore che brucia per voi, per la fede, per la carità e per la giustizia. Io non amo e non desidero altro in questo mondo, che possedere il vostro cuore, l'acquisto della fede, l'adempimento dei doveri di carità e giustizia.

14. Ecco i soli tesori del mio cuore, e non potrei farne un dono ad altri che a voi, che per un eccesso della vostra bontà, me li avete dati; e privarmene sarebbe lo stesso che togliermi la vita.

15. Tutti i tesori della terra io non li stimo, anzi li ho in orrore, perchè sono nemici giurati dell'anima mia. Desidero essere il più povero e il più miserabile degli uomini come sono, anzi che il principe più potente della terra, come volete che io sia.

16. Io so, mio Dio, che tutti quelli che desiderano il potere del mondo per godere a bell'agio le comodità della vita, sono nemici mortali della vostra giustizia. Voi date, mio Dio, la potenza agli uomini sulla terra, affinchè ne usino solamente pel bene di tutti.

17. Mio Dio, voi vedete che tutti i miei lamenti e suppliche non procedono che dal desiderio del mio cuore afflitto e sospinto dall'amore della fede, della carità e della giustizia. I miei lamenti non sono che un continuo rimprovero che faccio a me stesso, e a quelli che profanano questi santi principii.

18. Per causa di questo amore sono divenuto un astro focoso, che da per tutto sparge i suoi raggi di fuoco. Non sono al mondo nocivo, perchè sto da lui lontano; io non faccio altro che comunicargli la mia luce e il mio splendore girando intorno a lui; poi ritorno al mio centro, di dove fui mosso dal vostro volere, mio Dio.

19. Gli uomini avranno un bel dire e un bel fare calcoli sopra di me; nulla comprenderanno, se in voi, mio Dio, non fissano i loro sguardi e i loro pensieri. Io sarò per essi un mistero incomprensibile; e non potranno comprenderlo se non coi lumi della fede che procede dalla vostra grazia. Il giorno non è lontano in cui essi tutto comprenderanno, cioè quando vedranno l'adempimento di tutto ciò che io ho loro annunziato di verità, di carità e di giustizia per vostro divino comando.

Ecco il giorno dell'universale Giudizio tanto desiderato dalle anime che vivono nel regno della Speranza da cui un infinito numero di esse vanno in Paradiso a godere nei loro posti di gloria e di beatitudine che si acquistarono sulla terra, e fra queste vi sono i gentili, gl'idolatri, gli ebrei, gli eretici che o morirono nell'innocenza, o menarono una vita penitente e santa, poichè Iddio è giusto e irreprensibile nei suoi giudizii, e premia la virtù secondo il merito e punisce il vizio secondo la qualità e gravità della colpa. Stamane ancora sono uscite dall'Inferno tante anime dannate ed angeli prevaricatori che sono stati liberati in virtù della Redenzione di Gesù Cristo ch'è morto per tutti. Oggi si è compiuta la nuova Redenzione. Stamane ho scagliato la pietra in fronte a quel terribile gigante che col capo e colle gambe arriva dall'uno all'altro polo della terra, e colle braccia stese arriva da ponente a levante. Sì, oggi ho schiacciato la testa a quella terribile bestia dell'Idra infernale dell'eresia. Io sono la piccola pietra che cadendo dal monte va a distruggere la grande statua dell'Idolatria papale. Ecco formata l'Arca della nuova Alleanza: è là nel Tabernacolo dell'Altare. Io ho piantato la pietra della nuova Chiesa, dove tutti gli uomini troveranno salute. Ecco il Giudizio universale in cui Iddio sceglierà i capretti dai becchi, gli agnelli dai montoni, gli eletti dai reprobi, e per farvi conoscere quali sono i veri eletti, vi dico che Gesù Cristo dice, che gli eletti saranno, quelli che avranno usato misericordia verso di lui, cioè verso i poveri, avendo loro dato da mangiare quando avevano fame, dato da bere quando avevano sete e li avevano rivestiti, visitati, ammoniti, consigliati con vero e sincero amore, e questi saranno premiati e scritti nel libro della vita. Vi dico ancora che tutti i peccati saranno perdonati, gli adulterii, le fornicazioni, i furti, i sacrilegii, le bestemmie; ma non saranno perdonati quelli contro lo Spirito Santo; che anzi saranno castigati quelli che si opporranno alla mia Missione con cuore maligno e superbo. E non verranno nel regno del Padre mio quelli che diranno Padre, Padre, ma verranno quelli che faranno la volontà del Padre mio. Figuratevi che io sia una gran fiamma che abbia incendiato un bosco. Accorre molta gente per smorzarlo e tirano addosso a quello acqua e terra, e dopo molto lavoro sembra a tutti di averlo smorzato e se ne vanno contenti e soddisfatti. Però alcune scintille rimaste sepolte cominciano a lavorare pian piano. Allora si riaccende un incendio più potente che si dilaga per tutta la terra e più non si smorza e rende i suoi effetti.

Io sento anticipatamente la felicità della gloria celeste del Paradiso. Voi tutti morti, ma non morrete, no; io solo oggi sarò quella vittima immolata per la Redenzione copiosa degli uomini. Guardate questo manto; è tinto di sangue, ma di sangue del secondo Abele. Voi, siete tanti Maccabei e Cristi Duci e Giudici. Nulla vi spaventi; armatevi di fede e coraggio; pensate che io solo basto e faccio per tutti. Non abbiate dunque alcun risentimento di vendetta con quelli che ancor cercassero farvi del male; perchè guai a colui che osasse alzare una mano contro il suo fratello; guai a quello che togliesse un sol centesimo al suo fratello; commetterebbe un grave reato di colpa. Figliuoli e fratelli miei carissimi, oggi si va alla mia e alla vostra infelice patria natia, la quale si è messa in temenza che io quest'oggi debba andare con una comitiva di masnadieri per saccheggiarla, per cui alcuni si sono rinserrati, ed hanno sbarrato le porte e le finestre. Voi non temete.

La vittima è già fatta. Io solo sarò questa prima vittima consacrata all'amor della patria e della fede, come altra volta vi dissi. Ecco i miei cannoni, sono queste dodici fanciulle vestite di bianco, che precederanno la carovana. Le nostre armi saranno solo la tolleranza, il perdono, la pazienza. Andiamo dunque, non temete di nulla. Io vado alla mia patria a portare la pace ai miei patriotti e a tutti figli degli uomini. Se vogliono la pace, avranno la pace; se vogliono la misericordia, la misericordia avranno, se il sangue, ecco il mio petto pronto a versarlo per amore di Cristo.